KB114201

내 손끝의 탑스타

내 손끝의 탑스타 7

박꼴 장편소설

초판 1쇄 찍은 날 § 2018년 4월 5일
초판 1쇄 펴낸 날 § 2018년 4월 12일

지은이 § 박꼴
펴낸이 § 서경석

총괄팀장 § 최하나
편집책임 § 신보라
디자인 § 신현아

펴낸곳 § 도서출판 청어람
등록번호 § 제387-1999-000006호
등록일자 § 1999. 5. 31
어람번호 § 제1-2880호

주소 § 경기도 부천시 부일로 483번길 40 서경B/D 3F (우) 14640
전화 § 032-656-4452 팩스 § 032-656-4453
http://www.chungeoram.com
E-mail § chungeorambook@daum.net

ISBN 979-11-04-91702-8 04810
ISBN 979-11-04-91513-0 (세트)

내 손끝의 탑스타

박곰 장편소설

FUSION FANTASTIC STORY

7

청어람

Contents

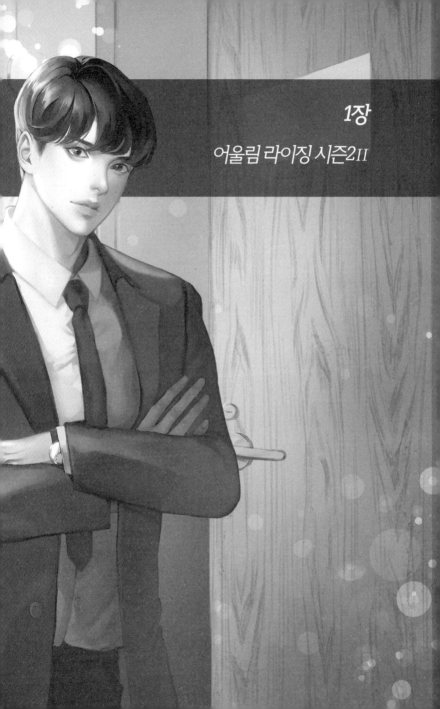

1장

어울림 라이징 시즌2II

어울림 제1차 신입 사원 공개 채용

서류 첫 장에 적힌 제목이 제법 비장해 보였다.

현우는 어울림을 대대적으로 재정비할 계획을 가지고 있었다. 대단한 건 아니었다. 유능한 동료이자 든든한 친구인 손태명도 있고 성실한 최영진도 있었지만 슬슬 인력 부족을 느끼고 있었다.

서유희도 새로 영입했고 이제 i2i 멤버들의 예능 출연이나 개인 스케줄도 생겨날 것이 분명했다. S&H에서 걸즈파워의 엘시도 영입했다. 당분간 우울증 치료를 하고 휴식 기간을 가지는 데 전념하겠지만 그녀는 분명히 돌아올 것이다.

지금이야 코인 엔터의 백동원 팀장과 플래시즈 엔터의 이기혁 실장이 도움을 주고 있지만 언제까지 그들의 도움을 받을 수는 없는 일이었다.

회사 매출이 점점 커지면서 자금도 풍족했다. 매출이 늘어난 만큼 현우는 어울림의 내실을 더 공고히 하고 싶었다.

'그러려면 함께 믿고 일할 좋은 사람들이 필요한 법이지.'

딸랑.

대표실 밖에서 방울 소리가 들려왔다. 송지유였다. 대표실 문이 열리고 송지유가 들어섰다.

"왔어?"

현우가 의자에서 일어나 송지유를 반겼다. 송지유는 현우를 슥 살펴보더니 책상에 놓여 있는 맥주 캔 숫자부터 살폈다.

"한 개 마셨네요."

"응. 너 온다고 해서 혼날까 봐 자제했지."

"잘했어요. 특별히 하나 더 마시게 해줄게요."

송지유가 친히 미니 냉장고에서 캔 맥주 하나를 꺼내 현우에게 주었다. 그리고 자신도 캔 맥주 하나를 집어 들었다.

두 사람이 건배를 하고 맥주를 입으로 가져갔다. 알싸하고 구수한 향과 함께 시원한 맥주가 목을 타고 넘어갔다. 현우는 가만히 송지유를 살펴보았다. 맥주를 마시는 것도 그림 같았다.

"맥주 광고 때 지금처럼 마시면 딱 좋을 것 같다, 지유야."

"또 일 생각하고 있었어요?"

"어? 왜?"

"내가 왜 맥주 마시는 거 뭐라고 하는 줄 알아요? 오빠 몸 상할까 봐 그러는 거예요. 일주일에 쉬는 날이 하루도 없잖아요. 매일 사무실에서 술 마시면서 일하는데 걱정돼서 못 살겠어요. 알아요?"

송지유가 현우를 책망했다. 현우는 순간 가슴 한구석이 찡했다.

"나 걱정해 주는 거야? 그래서 유부초밥에 홍삼 절편 넣은 거고?"

"네. 근데 맛없었어요? 유희 언니는 맛있다고 했는데."

송지유가 테이블 위로 도시락을 올려놓았다. 뚜껑을 열자 문제의 유부초밥이 보였다.

'이번에는 뭘 넣은 거지?'

현우는 잠시 망설였다. 하지만 이렇게까지 걱정해 주는데 차마 난생처음 겪어보는 신세계의 맛이라고 말할 수는 없었다.

"아, 해봐요."

"아아악!"

송지유가 젓가락으로 유부초밥을 집어 현우의 입안에 넣어주었다. 역시 첫 맛은 훌륭했다. 그러다 서서히 무언가가 씹혔다. 딱딱하면서도 물컹했다. 그리고 역시 썼다.

"아, 안에 들은 거 뭐야?"

"도라지 절편이에요. 피로 회복에 좋다고 해서 넣어봤어요."

"도, 도라지?"

차마 내색도 못 하고 현우는 유부초밥을 그냥 꿀꺽 삼켰다.

드르륵.

때마침 전화가 울렸다.

'살았다!'

현우는 급히 전화를 받았다.

"어, 수호야!"

―형님, 무슨 일 있으세요? 목소리가…….

"아, 아냐. 아무 일도 없어."

―…혹시 어디 아프세요?

차마 도라지 절편이 들어간 유부초밥을 먹었다고 말할 수는 없었다. 송지유가 젓가락으로 또 유부초밥을 집었다. 현우는 모든 것을 포기하고 두 눈을 감았다.

"아아악!"

―혀, 형님? 거, 경찰 부를까요? 네?!

"괘, 괜찮아. 번역은 다 했고?"

—방금 전에 회사 메일로 보냈어요. 진짜 괜찮으신 거죠?

"응. 지유가 와서 간단하게 야식 먹고 있거든."

—야식요? 어떤 야식인데 그렇게 힘들어하세요?

송지유가 고개를 갸웃했다.

"수호 오빠가 뭐라고 하는데요?"

"별거 아냐. 그냥 일상적인 대화."

현우는 얼른 소파에서 일어났다. 그리고 벽 쪽으로 붙어 전화를 다시 받았다.

"수호야, 아무튼 고생했다. 조만간 일본 갈 일이 생길 거야. 그때 보자."

—네, 형님.

"근데 일본에서도 유부초밥에 홍삼이나 도라지나 이런 거 넣어?"

—예? 그럴 리가요. 그런 걸 어떻게 먹어요. 음식 쓰레기지.

"하하, 그래그래. 일단 끊자. 수고하고."

전화가 끊겼다.

"빨리 와요. 몸에 좋은 거 먹어야죠."

"어? 응."

현우는 도라지 절편 유부초밥을 다섯 개나 더 먹은 후에야 송지유에게서 풀려났다.

"으음."

현우는 노트북을 켜고 박수호가 보낸 메일을 확인했다. 3ch 등 일본 주요 온라인 커뮤니티의 반응을 싹싹 긁어모아 놓았다.

현우는 우선 3ch의 반응부터 살펴보기로 했다.

[한국 13인조 아이돌 i2i 정보 스레드]

오늘 후지 TV에서 한국 아이돌 그룹 i2i를 소개했다. 나는 관심 있게 봤는데 너희들 생각은 어때? 참고로 나는 한류 아이돌은 좋아하지도 싫어하지도 않는다. 어쨌든 조만간 일본에서 데뷔할 것 같다.

게시 글 밑으로 수십 장의 화면이 캡처되어 있었다. 일본 네티즌의 댓글이 꽤나 많이 달려 있었다.

―한류 아이돌은 뷰티로 충분하다고 생각한다.
―뷰티는 못 넘어. 도쿄 돔에서 콘서트까지 했다고.
―한국 아이돌은 대부분 정형. ww
―정형했을 것 같다.
―너희들, 너무 부정적이구나. 넷 우익들은 나가라. 문화는 문화일 뿐이다.
―다스케 쿠로가 좋아할 만하다고 생각한다. 나도 방송을 봤

는데 외모도, 노래도, 춤도 일본 아이돌보다 훨씬 우월했다.

―제2의 뷰티가 될 것 같은 예감. 일본 아이돌은 수치야. 아이 같은 노래는 이제 그만둬라.

―tokyo47이 훨씬 우월하다고 생각한다. 아이돌은 아이돌이어야지.

―직장 동료 중에 이 한국 아이돌을 좋아하는 동료가 두 명 있어.

―난 i2i의 팬이야. 공사장 공연 때 처음 봤는데 다들 착하고 예쁘다. 우리 일본에 진출한다면 큰 인기를 얻을 거라고 생각한다.

―실물은 어땠어?

―다들 예뻤어. 그리고 정형 안 했다. 내가 장담한다.

―일본 진출은 언제 하는데?

―그건 나도 정확히 알지 못해. 하지만 멀지 않았다고 추측한다. 호우 대표의 일 처리가 빨라서 기대 중이다.

―호우? 그 축구 선수를 말하는 건가?

―틀려. i2i 소속사 대표의 별명을 말하는 거야. 한국에서는 그 대표의 인기도 많아. 호우라고 부른다. 한국 사람들은 그 대표 기사에 전부 호우라는 댓글을 달아. 상당히 재밌어. wwwww

"하아, 일본에서까지."

현우는 뒷목을 잡았다. 일본 팬들까지 '김현호우'라는 별명을 알고 있었다.

"난 김태식이 더 마음에 드는데."

송지유가 웃으며 말했다.

현우는 고개를 좌우로 저으며 다른 일본 커뮤니티의 반응
도 살펴보았다. 송지유도 현우 옆에 바짝 붙어 함께 노트북을
들여다보았다.

"좋은 이야기, 나쁜 이야기가 반반씩이네요. 관심 없다는
사람들도 많고."

"어느 정도 예상은 했어. 직접 두 눈으로 보기 전까지는 믿
지 못할 거야."

그나마 다행인 것은 i2i의 팬으로 보이는 네티즌의 글도 제
법 보인다는 것이다. 하지만 뷰티와 걸즈파워가 한류 몰이를
하면서 한류 자체에 반감을 가지고 있는 일본 네티즌도 꽤 많
았다.

"일본 진출이 마냥 쉽지는 않겠어. 뷰티랑 걸즈파워 때문에
일본 사람들도 한류 아이돌을 보는 눈이 높아졌어. 경계심도
더 강해졌고."

그렇다고 일본 진출을 포기할 생각은 없었다. 크고 작은 기
획사들이 왜 일본 진출에 사활을 거는지 현우는 잘 알고 있
었다. 음반 시장 규모가 10배가 훨씬 넘었다. 그만큼 일본 활
동으로 벌어들일 수 있는 수입도 엄청났다.

"가자, 지유야. 집에 데려다 줄게."

"맥주 마신 거 잊었어요?"

"아, 그렇지. 그럼 택시로 데려다주지, 뭐."

사무실을 나가기 전 현우는 i2i 멤버들의 단톡방에 일본 대중들의 반응이 담긴 파일을 보내주었다.

*   *   *

영화 첫 촬영을 앞두고 현우는 정신없는 나날을 보내야 했다. 우선 광고 촬영 스케줄을 모두 소화해야 했다.

1년 계약에 10억의 개런티를 받고 모 대기업의 냉장고 광고를 찍었다. 로데 주류에서 새로 출시했다는 맥주 광고도 찍고 개런티로 총 16억을 받았다. 원래 책정된 개런티는 2년 계약에 14억이었다. 하지만 로데 주류에서 오늘처럼의 돌풍이 송지유 덕이라며 추가로 2억의 개런티를 더 준 것이다.

그리고 오늘 마지막 광고 촬영이 현우와 송지유를 기다리고 있었다. 바로 1년에 6억짜리 캔 커피 광고였다.

광고 촬영이 본격적으로 시작되었다.

이번 캔 커피 광고는 송지유를 1인칭 시점으로 담는 것을 개요로 하고 있었다. 광고 감독의 지시 아래 현우는 카메라 옆에 바싹 붙었다.

송지유가 현우를 쳐다보았다. 카메라가 송지유의 얼굴을 화면에 담았다. 뒤에서 지켜보고 있는 스태프들이 탄성을 질렀다.

얼굴 천재라는 별명답게 오직 화면에 얼굴만을 담는데도 전혀 이상한 것이 없었다. 남자 스태프들이 넋을 놓을 정도였다.

"그럼 본격적으로 촬영 들어가겠습니다! 큐!"

가을 햇살이 드리워진 오후 4시, 하얀색 원피스를 입은 송지유가 카메라를 향해 다가왔다. 그리고 살짝 고개를 틀더니 카메라를 향해 얼굴을 찌푸렸다.

"피곤해요? 그러니까 내가 무리하지 말라고 했죠? 커피 마실래요?"

카메라가 위아래로 고개를 끄덕이듯 흔들렸다. 송지유가 몸을 돌렸다. 그와 동시에 스태프들이 선풍기를 틀었다. 송지유의 기다란 생머리가 바람에 찰랑찰랑 휘날렸다.

"컷! 다시! 선풍기 조금만 빨리! 지유 씨는 너무 잘하고 있어요! 지금처럼 김현우 대표님을 보고 연기하시면 됩니다!"

처음부터 다시 촬영이 시작되었다.

송지유가 몸을 돌렸고, 선풍기 바람이 불어왔다. 송지유의 기다란 생머리가 타이밍 좋게 바람에 휘날렸다.

편의점 문이 열리고 송지유가 안으로 들어갔다.

"컷! 좋습니다! 다음 신 준비해!"

편의점 안에서 다시 촬영이 시작되었다. 뒷짐을 지고 송지유가 살랑살랑 걸음을 옮겼다. 카메라가 조용히 근접해서 뒤따랐다. 냉장고 문을 열고 송지유가 캔 커피를 두 개 꺼냈다. 그리고 캔 커피를 든 채로 고개를 돌려 정면으로 현우를 응시했다.

카메라가 다시 송지유의 얼굴을 클로즈업했다.

"오빠 것 하나, 내 것 하나."

송지유가 애교 섞인 말투로 말하며 마성의 미소를 지어 보였다.

"컷! 완벽합니다! 완벽해요! 지유 씨랑 일하면 정말 편하게 한다던데 진짜였네요! 하하!"

광고 감독은 신이 났다. 광고의 특성상 짧은 순간에 특정한 표정을 확실하게 담아야 한다. 그래야 겨우 몇 초밖에 되지 않는 러닝 타임 동안 소비자들을 현혹시킬 수 있었다.

"지유 씨가 너무 아름다우셔서 그냥 서 있기만 해도 화보입니다, 화보!"

정말 그러했다. 얼굴이 천재라더니 카메라에 담기만 해도 그냥 광고였다.

마지막 신은 편의점 앞 테이블이었다.

송지유가 테이블 위에 얼굴을 누이고 있다. 살짝 입술을 삐

죽이며 마주 앉은 카메라를 올려다보고 있었다.

"오빠~ 오늘 우리 하루만 쉬면 안 돼요?"

투정을 부리는 그 모습이 너무나 귀여웠다. 카메라가 좌우로 안 된다며 고개를 저었다. 송지유가 상체를 일으켜 손으로 캔 커피를 가리켰다.

대기하고 있던 다른 카메라가 캔 커피를 클로즈업으로 잡았다. 송지유가 삐친 표정으로 입을 열었다.

"내가 이거 사줬잖아요."

송지유를 잡고 있던 카메라가 다시 송지유의 뽀로통한 얼굴을 클로즈업으로 잡았다. 1초 정도가 지나고 송지유가 갑자기 배시시 웃었다. 그러더니 정색했다.

"일밖에 모르는 바보."

송지유가 또박또박 한 글자씩 끊어 말했다.

"컷! 컷! 훌륭합니다!"

광고 촬영이 끝났다. 스태프들의 박수가 쏟아졌다. 순간순간 다양한 표정 변화가 필요했는데 송지유가 훌륭히 연기를 해내었다.

카메라 옆에 앉아 있던 현우도 고개를 끄덕이며 박수를 보냈다.

'연기 엄청 늘었잖아? 권강호 선생님 효과인가?'

송지유의 광고 촬영이 끝나고 추가로 현우의 차례가 다가

왔다. 송지유처럼 정식 광고는 아니었다. 뭐랄까, 보너스? 깍두기? 아무튼 번외 버전 느낌으로 찍는 광고였다.

　장소를 이동했다. 근처 파주 스튜디오에 도착했다. 김은정이 갈색 바바리코트를 구해와 현우에게 입혔다. 거기다 포마드로 현우의 머리를 올백으로 세팅했다.

　"좋아! 멋지다! 김현우!"

　김은정이 말끔한 차림의 현우를 살피며 까르르 웃었다. 지나가던 스태프들이 킥킥 웃음을 터뜨렸다. 김은정이 송지유를 살피는 동안 현우는 광고 콘티를 살펴보고 있었다.

　애초에 현우의 출연은 엑스트라 수준에 가까웠다. 하지만 엘시 실종 사건을 통해 현우의 인기가 급상승하면서 콘티가 전면 수정 된 상태였다.

　'대표님, 부탁드립니다! 이번 광고는 대표님이 핵심입니다!'

　광고 감독이 한 당부가 떠올라 현우는 이마를 부여잡았다.

　'이 정도면 공개 처형이나 마찬가지야.'

　광고가 나갈 생각을 하자 등골이 오싹했다. 손태명이나 오승석이 두고두고 놀릴 것이 분명했다. 고등학교 때의 죽마고우들도 요즘 단톡방에서 활개를 치고 있었다.

　'하, 정말로 해야 하나?'

　긴 고민 끝에 현우는 결정을 내렸다.

　어느새 세팅이 끝나고 휴식 시간도 끝나 버렸다. 막상 촬영

시간이 다가오자 현우는 입술이 바짝 말랐다.

"하아, 내가 이걸 왜……."

"좀 참으세요, 대표님. 돈 벌기가 어디 쉬운 줄 아세요? 2억이나 더 준다는데 당연히 찍어야 하지 않겠어요? 그리고 어차피 지유 광고가 더 많이 나갈 거라고 오빠가 말했잖아요."

김은정이 현우를 달랬다. 송지유는 옆에 서서 그저 조용히 웃고만 있었다.

"와, 내 편은 여기 아무도 없네. 알았다, 알았어! 하면 되잖아! 절대 웃지 마! 알았지?"

"안 웃을 테니까 잘해봐요."

송지유가 현우를 응원했다. 광고 감독과 스태프들도 현우의 기를 세워주기 위해 엄청 노력했다.

결국 현우는 터벅터벅 빨간색 공중전화 부스 안으로 들어갔다.

그리고 조용히 성냥을 물었다. 스튜디오 안으로 유명하던 옛 홍콩 영화의 비장한 주제곡이 흘러나왔다.

현우가 퉤 성냥을 뱉었다. 그리고 조용히 전화기를 잡았다. 참담했다. 대중 앞에서 공개 처형 될 생각을 하니 감정이 저절로 잡혔다. 현우가 입을 떼었다.

"나다, 송지유. 내 캔 커피 왜 말도 없이 가져갔냐? 꼭 그래야 했냐? 꼭 그렇게 다 가져가야만 속이 후련했냐?"

이제는 바닥으로 무너지며 오열해야 했다. 하지만 제대로 된 경험 한번 없는 현우가 이 연기를 할 수 있을 리가 만무했다.

"컷! 다시 가겠습니다! 큭큭!"

결국 NG가 났다. 광고 감독을 필두로 거의 대부분의 사람들이 웃음을 참기 위해 별의별 짓을 다 하고 있었다.

"미치겠다! 웃겨서!"

김은정은 아에 바닥을 구르고 있었다.

'아, 내 인생.'

길게 한숨이 나왔다.

결국 50번이 넘는 NG 끝에 현우의 첫 광고 촬영이 끝이 났다. 그리고 현우는 송지유의 개런티 6억 말고도 첫 광고 촬영으로 2억이라는 짭짤한 수익을 올렸다.

*　　　　*　　　　*

초록색 밴 봉식이가 연희동 근처의 신축 아파트 단지로 들어섰다. 지하 주차장에 주차를 한 다음 현우는 뒤를 돌아보았다.

"같이 올라갈래, 아니면 여기 있을래?"

"대본 읽고 있을게요."

송지유는 긴장한 기색이 역력했다. 마침내 오늘 '그와 그녀의 흔한 첫사랑'의 첫 촬영 일정이 잡혔다. 송지유로서는 첫 정극 연기 도전이나 마찬가지였다.

"다녀올게."

현우는 밴에서 내렸다. 무작정 여배우의 집에 들어갈 수는 없었다. 현우는 서유희에게 전화를 걸었다. 전화를 건 지 1초도 안 돼서 서유희가 전화를 받았다.

―네, 네, 대표님!

"지하 주차장에 방금 도착했습니다. 준비 다 했어요?"

―다 했어요! 올라오세요!

"알겠습니다."

현우는 승강기를 타고 9층에서 내렸다. 서유희의 집 앞에서 벨을 눌렀다.

딩동딩동.

벨이 울리자 서유희가 문을 열어주었다. 향긋한 향기가 집 안 곳곳에서 새어 나왔다.

"오셨어요?"

서유희가 현우를 반갑게 맞이했다.

"집 구경시켜 드릴게요."

현우는 머리를 긁적였다. 저번에 신림에서 이사를 도우면서 벌어진 해프닝이 생각났다.

"괜찮아요. 깨끗하게 다 치워놨어요."

"그럼 잠시 실례하겠습니다."

현우는 서유희를 따라 집 안으로 들어갔다. 방 한 개와 거실 하나뿐인 작은 아파트였지만 혼자 살기에는 충분했다. 현우는 주방을 확인하고 보일러실도 확인해 보았다.

"뜨거운 물 잘 나오죠?"

"네. 대표님은 꼼꼼하시네요? 저는 보일러실이 거기 있는지 오늘 처음 알았어요."

"뭐, 그럴 수도 있죠. 살림살이는 충분히 샀어요? 부족한 건 없어요?"

"네. 지유랑 은정이랑 얼마 전에 가구 단지 다녀왔어요. 필요한 건 다 샀어요."

"그래요? 방 좀 봐도 될까요?"

"네. 다 치워놨으니까 걱정 말고 보세요."

"그래요."

문을 열고 방 안을 살펴보았다. 아담한 원목 화장대에 작은 스탠드 하나, 그리고 자그마한 일인용 옷장이 전부였다.

"침대가 없네."

"치, 침대는 비싸서……."

"그렇다고 바닥에 이불 깔고 자면 어떻게 합니까? 법인 카드 아직 가지고 있죠?"

"네? 네, 여기."

서유희가 법인 카드를 현우에게 주려 했다. 현우가 고개를
저었다.

"그걸로 마음에 드는 침대 하나 주문해요. 가격 상관 말고."

"…감사합니다. 대표님은 저한테 너무 잘해주세요. 뭐라도
보답을 해야 하는데 요즘 고민이에요."

"소속 연예인한테 잘하는 건 당연한 일이죠. 부담 가질 것
없습니다. 이제 내려가죠."

"네."

서유희가 현우의 뒤를 따랐다.

＊　　　　＊　　　　＊

첫 촬영 장소는 이번 영화의 주요 배경인 홍인대학교였다.
송지유의 모교인 홍인대학교에서는 공사 예정으로 출입을 금
지시켜 놓은 인문학 본관까지 개방해 주었다. 인문학 본관은
지어진 지 50년이 넘어 재공사를 앞두고 있는 거대하고 낡은
건물이었다.

1990년대 초중반을 배경으로 하고 있는 영화의 촬영 장소
로는 더없이 적합한 곳이었다.

촬영장에 도착한 현우는 송지유와 서유희를 데리고 김성민

감독부터 찾았다. 연출 스태프들에게 둘러싸여 있던 김성민 감독이 현우를 발견했다.

"감독님, 대단한데요? 언제 이렇게까지 준비해 놓으신 겁니까?"

공사를 위해 방치되어 있던 인문학 본관이 마치 90년대 그때의 모습으로 완벽하게 재현되어 있었다. 엑스트라로 동원된 단역배우들도 헤어스타일과 옷차림 등 뭐 하나 트집 잡을 곳이 없었다.

"뭐 놀랄 게 있습니까? 90년대가 다 이런 거죠."

김성민 감독이 조용히 말했다.

"90년대가 그냥 다 이렇다고? 야, 이 화상아! 의상이랑 미술쪽에만 돈이 얼마나 든 줄 알아? 현우 대표님, 저 큰일 났습니다. 이거 알려지면 CV에서 저 멱살 잡을 겁니다."

"뭘 멱살을 잡아, 형? 엄살 좀 그만 부려."

어디선가 나타난 박창준 대표가 현우를 보자마자 앓는 소리를 했다. 김성민 감독이 정색했다. 오늘도 역시나 사이좋은 선후배였다. 현우는 피식 웃으며 의상팀을 찾아갔다.

아예 촬영 버스 하나를 의상팀 버스로 사용하고 있었다. 버스 안엔 의상이 빽빽하게 걸려 있었다.

"오, 오빠, 나 좀 꺼내줘요!"

김은정이 옷더미에 파묻혀 허우적거리고 있었다. 현우는 얼른 김은정을 부축했다. 그리고 옷더미를 건네받았다.

"여기가 재고 창고도 아니고 이게 뭐야? 뭔 옷이 이렇게 많아?"

"의상팀이 전국 각지에서 구해온 옷들이래요. 오빠, 여기 천국이에요! 갖고 싶은 옷이 너무 많아요! 지유랑 유희 언니 입힐 옷도 산더미예요!"

김은정의 눈동자가 몽롱해져 있다. 유난히 옷을 좋아하는 김은정다웠다.

"봐요! 미치코런던이랑 보이런던, 배드보이에 GV2, 닉스도 있어요! 이거 알아요? 안전지대라고, 진짜 돈 있는 사람들만 입던 옷인데."

"넌 그런 걸 어떻게 다 아냐?"

"비록 휴학은 했지만 패디과 과대 출신인데 그걸 모를 거 같아요? 조금만 기다려 봐요. 옷 더 챙겨올게요!"

김은정이 신이 나서 옷을 더 챙겼다. 결국 의상팀 스태프 몇 명의 도움을 받고 나서야 의상을 마저 챙길 수 있었다.

현우는 김은정과 함께 송지유와 서유희를 찾았다. 두 사람은 이미 송민혁, 진세영과 인사를 나누고 스태프들과도 인사를 나누고 있었다.

송지유의 등장으로 촬영장의 분위기가 더없이 밝아졌다. 갑자기 활기가 넘치고 있었다.

"미주랑 정서 분장 들어갑니다!"

분장팀에서 송지유와 서유희를 찾았다.

"잘들 하고 와요."

이제부터가 본격적인 시작이었다. 괜히 현우가 더 긴장되었다. 송지유와 서유희가 분장팀 스태프들을 따라 분장팀 버스로 향했다.

연출팀 조감독이 김성민 감독의 지시를 받아 분주하게 상황을 통제하기 시작했다. 영화의 첫 오프닝은 캠퍼스에서부터 시작되었다.

옛 모습을 그대로 간직하고 있는 인문학 본관의 입구가 미술팀에 의해 캠퍼스 입구로 재탄생되어 있었다.

시간이 조금 지나자 송지유가 먼저 나타났다.

"오오!"

여기저기에서 감탄이 쏟아졌다. 송지유는 청치마에 하얀색 스웨터, 그 위로는 살구색 카디건을 걸치고 있었다. 5 대 5 가르마를 탄 생머리에 하얀색 머리띠, 그리고 품에는 전공 서적을 안고 있었다.

완벽한 1990년대 초중반 여대생의 모습이었다. 또 어디서 구했는지 전공 서적 위로 소니 워크맨까지 함께였다.

"미주다. 살아 있는 미주."

박창준 대표가 고개를 끄덕끄덕했다. 뒤이어 하나둘 배우들이 나타났다. 송지유가 청순함을 물씬 풍기는 여대생으로 변신했다면 주인공 김정훈 역할의 송민혁은 그 당시 평범한 남자 대학생의 모습을 하고 있었다. 청바지에 평범한 하얀색 스포츠 브랜드 티셔츠, 그리고 파란색 운동 재킷.

서유희는 멜빵 청바지에 폼이 넓은 노란색 맨투맨을 입고 있었고, 진세영은 회색 원피스에 갈색 재킷을 걸치고 있었다.

전체적인 색감이 뚜렷하게 달랐다. 송지유가 대체적으로 하얀색의 칼라였다면 김정훈은 별다른 특징이 없이 평범했다. 서유희는 평범한 옷차림에 노란색 맨투맨이 유독 튀었다. 진세영은 회색과 갈색으로 된 옷 때문인지 왠지 차분한 느낌이 났다.

'이런 게 미장센이라고 했지?'

현우도 이번 영화를 앞두고 나름 기초적인 공부를 했다. 색깔 또한 미장센의 한 부분이었다. 송지유의 하얀색이 순수, 청순함을 상징한다면 서유희의 유독 튀는 노란색은 의외성과 위험한 뜻을 내포하고 있다.

진세영의 회색과 갈색 역시 그 색깔이 가지고 있는 의미가 내포되어 있었다. 회색이 이중성, 불투명함을 상징한다면 갈색은 보통 따스함, 여성의 경우에는 모성애를 뜻하기도 한다.

"의상부터 벌써 감독님 스타일 나오는데요?"

"오프닝 장면 보면 더 놀라실 겁니다. 저거 완전 결벽증 환자라니까요."

박창준 대표가 혀를 내둘렀다. 그리고 연출팀의 지휘 아래 카메라가 인문학 본관 캠퍼스와 입구 부근에 열 대가 넘게 자리를 잡았다.

현우는 이때까지만 해도 박창준 대표가 혀를 내두른 이유를 알지 못했다. 하지만 첫 오프닝 촬영에 들어가자마자 현우는 두 눈을 의심해야 했다.

캠퍼스로 단역배우들이 하나둘 자리를 채웠다. 그리고 네 명의 배우가 그 무리로 섞여 들어갔다.

수많은 단역배우 속에서 주연배우들이 눈에 확 들어왔다.

"우리 주연배우들 겉옷은 유채색으로 강조하고 단역들은 무채색으로 구분을 준 겁니다. 이렇게 하면 카메라 워킹 없이도 눈에 확 들어오는 거죠. 의상팀에서 고생깨나 했을 겁니다. 아무리 무채색으로만 옷을 입힌다고 해도 어색하면 또 저 자식이 지랄을 할 테니까요."

"정말이네요."

현우는 순수하게 감탄했다.

김성민 감독이 메가폰을 들었다.

"미주, 정훈, 지혜, 정서 순서대로 캠퍼스 입구를 통해 본관 건물로 들어갈 겁니다. 그럼 첫 오프닝 완벽하게 해봅시다."

여자 조연출이 슬레이트를 내려치며 오프닝 신의 촬영이 시작되었다.

가을 햇살이 화창한 아침, 캠퍼스 안에는 개강 날에 맞춰 수많은 학생이 본관으로 향하고 있었다. 네 명의 주연배우가 각기 다른 방향에서 시간차를 두며 걸음을 옮겼다.

전공 서적을 들고 워크맨 이어폰을 귀에 꽂은 채 송지유가 천천히 정문을 지나 캠퍼스 안으로 들어왔다.

대본에 적힌 대로 송지유는 최대한 표정 없이 걸었다. 그리고 송민혁이 캠퍼스로 들어섰다. 잠시 송지유가 멈칫하더니 살짝 몸을 돌려 본관 입구로 향했다. 송지유가 송민혁의 옆을 살짝 스치고 지나갔다. 찰나의 순간 송민혁의 표정에 감정이라는 것이 어렸다. 그 순간 뒤에서 걸어오고 있던 진세영이 갑자기 걸음을 멈춘 송민혁의 등에 머리를 부딪치고 말았다.

"아야!"

진세영이 얼굴을 찌푸렸다. 그 순간 정신을 놓고 있던 송민혁이 얼른 몸을 돌려 꾸벅 고개를 숙였다.

"죄송합니다. 잠깐 생각 좀 하느라……."

고개를 들어보니 마주 걸어오고 있던 서유희가 손가락으로 자신을 가리키고 있었다.

"저한테 하신 말씀이세요?"

"아, 아뇨, 이, 이쪽 분이요. 괜찮아요?"

송민혁이 다시 고개를 반대로 돌려 진세영을 쳐다보며 사과

했다. 진세영이 헝클어진 앞머리를 바로 했다.

"됐어요."

진세영이 그런 송민혁을 스치듯 지나갔다. 서유희만 혼자 남아 송민혁을 쳐다보고 있다.

"구, 국문학과 95학번?"

송민혁, 정훈이 아무 말이나 내뱉었다. 서유희, 정서가 눈을 반짝였다.

"그쪽도 국문학과 신입생이에요?"

"네. 저기… 반가워요. 근데 이야기는 이따가 하죠."

갑자기 송민혁이 몸을 돌려 본관을 향해 미친 듯이 달려갔다.

"재밌는 남자네."

서유희가 혼자 중얼거리며 멀어지는 송민혁을 쳐다보았다. 송민혁은 미친 듯이 달렸다. 그러다 또 진세영과 어깨를 부딪치고 말았다.

그사이 송지유가 본관 건물 안으로 사라져 버렸다.

"아!"

"야!"

송민혁과 진세영, 아니, 정훈과 지혜가 동시에 소리를 질렀다. 찰나의 순간 정훈과 지혜의 눈동자가 서로를 담았다.

"컷!"

김성민 감독이 메가폰을 잡은 채로 소리쳤다.

"벌써 끝이에요?"

현우는 어리둥절했다. 그냥 단역배우들 사이로 네 명의 배우가 서로 우연히 얽히며 몇 마디 대사를 주고받은 게 전부였다.

그런 현우를 보고 박창준 대표가 씩 웃었다.

"황당하죠? 뭐, 한 것도 없이 끝나니까."

"네, 조금."

"현우 대표님, 잊지 말아요. 우리 눈으로 보는 게 영화의 전부가 아닙니다. 지금 이 오프닝을 바라보고 있는 건 여기 서 있는 대표님이나 내가 아닙니다. 열 대의 카메라예요. 그 카메라들이 관객의 눈이 되는 겁니다. 아마 나중에 확인하면 좀 놀랄 겁니다. 저 녀석 스타일이 특이하긴 해도 신 하나는 기가 막히게 뽑거든요. 머릿속으로 샷 크기랑 방향, 편집 지점까지 다 꿰고 있는 놈입니다. 모르는 사람들이 본다면 날로 찍는다고 하는데 정말 모르는 소리입니다."

그사이 김성민 감독이 재촬영을 지시했다. 첫 오프닝 장면을 무려 여덟 번이나 더 촬영했다. 그리고 아슬아슬하게 김성민 감독으로부터 OK 사인이 떨어졌다.

영화 촬영은 철저하게 영화 콘티와 일정에 맞춰 효율적으로 이루어졌다. 다섯 시간을 더 촬영했는데 무려 다섯 개의 신을 더 찍을 수 있었다. 한 시간당 한 개의 신을 촬영한 꼴이다.

그렇게 김성민 감독은 하루 만에 한 개의 시퀀스를 촬영해 내었다. 즉 소설로 따지면 하나의 장을 끝마친 것이다. 100분 짜리 영화의 경우 적으면 열 개에서 평균 스무 개 정도의 시퀀스로 구성되어 있다.

이번 영화의 경우 120분 러닝 타임에 시퀀스는 총 25개로 구성되어 있었다.

"촬영을 다 끝내려면 얼마나 걸릴까요?"

"오늘은 유난히 술술 잘 풀린 것 같고, 두 달 정도면 촬영은 끝날 겁니다."

"두 달요?"

"뭐 보통 삼 개월 정도 걸리는데, 저 녀석이라면 충분합니다. 어쩌면 더 짧아질 수도 있습니다. 워낙에 영화에 미친 놈 이라."

박창준 대표의 설명에 현우는 고개를 끄덕거렸다. 김성민 감독이라면 두 달 안으로 충분히 촬영을 마칠 수도 있을 것 같았다.

*   *   *

첫 촬영이 있던 그날 저녁 어울림 엔터테인먼트에서는 홈페이지에 새로운 인재를 구한다며 대대적으로 신입 사원 공개 채용안을 공지했다.

오전 9시가 넘어가자 하나둘 어울림 식구들이 출근했다. 아침에 출근하는 사람이라고 해봤자 현우와 손태명, 그리고 최영진 세 사람이 전부였다.

"커피 왔습니다! 형님들, 커피 드시고 일하세요!"

최영진이 트레이에서 커피를 꺼내 현우와 손태명 앞으로 가져다 놓았다. 시원하고 씁쓸한 커피를 목구멍으로 넘기며 현우는 노트북부터 켰다.

그리고 어울림 엔터테인먼트 홈페이지로 들어가 보았다.

"어라? 이거 조회 수 오류 났나 본데?"

"왜?"

손태명이 의자를 끌고 현우 옆으로 다가왔다.

"봐. 이거 오류지?"

"그런가?"

손태명도 눈을 비볐다. 신입 사원 공개 채용안 공지 옆에 '18,241'이라는 숫자가 당당히 찍혀 있었다.

"현우 형님, 포털에 우리 회사 기사 떴는데요?"

"뭐?"

현우는 급히 포털 사이트로 들어가 보았다. 메인 뉴스에 기사 하나가 덩그러니 올라와 있었다.

[어울림 엔터테인먼트 신입 사원 공개 채용!]

어울림 엔터테인먼트에서 신입 사원을 공개 채용 한다. 어제 저녁 8시 어울림 엔터테인먼트는 자사 홈페이지에 신입 사원 공개 채용안을 비밀리에 공개했다. 자세한 채용 정보는 홈페이지에 게재된 모집안에서 확인할 수 있다.

─홈피 다녀옴. 꿈의 직장임. ㅋㅋ 초봉이 어지간한 대기업 뺨 침. ㅋㅋㅋㅋㅋ

─연봉 실화? 보통 연예 기획사들 열정 페이 아님? ㄷㄷ

─역시 우리형! 호우!

─김현호우! 만세!

─어울림에 취직하러 지금 갑니다!

─학력 제한 없음. 대신 에세이랑 포토폴리오만 보나? ㅋㅋ

─학력 안 봄? ㄷㄷㄷㄷ

─아오! 경력직만 구한다는 것도 없음. ㄹㅇ 김태식이 짱이네.

─나이 제한도 없음.

─면접이 제일 중요하다는데? 에세이랑 포트폴리오만 준비하면 되는 거지?

─대한민국 백수들, 어울림으로 죄다 몰릴 듯. ㅋㅋ 돈도 벌고 송지유도 보고 이솔도 보고, 신의 직장 아님?

—취업 성공하면 김현우 대표랑 같이 공 찰 수 있나?ㅋ

—농어촌 전형 없음?

—위에 미친놈. ㅋㅋ 왜, 아예 수시는 없냐고 물어보지? ㅋㅋ

—노량진에서 연남동으로 이사해야 하나. 3년 넘게 공부한 것 포기한다. 이제는 어울림이다! 간다!

—헬조선에 개념 있는 기업인 하나 탄생하나요?

—근데 이거 내 추측에는 면접으로 뽑으려고 그냥 간단하게 올린 거 같은데, 다들 너무 김현호우, 김현호우 하는 거 아님? 당사자는 지금 머리 싸매고 있을 듯. ㅋㅋㅋ

댓글이 폭주하고 있었다. 순식간에 성실한 청년 대표에서 더 나아가 깨어 있는 청년 대표가 되어가고 있었다. 대중들이 어울림을 빗대며 갑자기 가만있는 대기업과 다른 연예 기획사들을 성토하고 있었다.

"하아!"

현우는 이마를 부여잡았다. 가장 최근에 달린 댓글이 현우의 심경을 정확하게 파악하고 있었다. 대기업 뺨치는 연봉은 사실 어울림의 자금 사정이 훌륭했기 때문에 벌어진 오해였다.

그저 식구가 될 새로운 직원에게 넉넉하게 돈을 챙겨주고 싶은 마음에서 시작된 것이다.

최영진도 월 300만 원의 월급을 가져가고 있었다. 김은정은 대학교 4년 등록금을 전액 지원 받기로 했고, 지금도 한 달에 200만 원을 월급 개념으로 주고 있었다.

"현우야, 이러다 우리 공공의 적 되는 거 아니야?"

손태명이 걱정했다.

다른 연예 기획사들은 어울림이라고 하면 학을 떼고 있는 실정이었다. 송지유가 데뷔와 동시에 음원 차트와 광고를 싹 쓸이하더니 이제는 i2i가 그 바통을 이어받아 음원 차트뿐만 아니라 모든 화제를 독점하고 있었다.

'어울림이 어차피 다 해먹으니까 피해야 한다'고 하며 요즘 연예계 관계자들은 어울림을 '어차피'로 부르고 있는 실정이었다.

"몇 명이나 지원할까?"

문득 현우는 궁금했다. 포털 사이트에 기사까지 난 상황이다.

"많아야 오백 명 정도 아닐까? 연예 기획사가 안정된 직장도 아니고 불투명한 면이 있잖아. 언제 어떻게 될지 모르니까."

손태명이 대답했다. 현우는 조용히 고개를 끄덕였다. 손태명의 말은 일리가 있었다. 아무리 잘나가는 연예 기획사라고 하더라도 하루아침에 망할 수도 있는 것이 연예계였다.

그리고 3일 후 저녁 6시, 인터넷 서류 지원이 마감되었다.

현우는 홈페이지에 들어가 지원 인원을 확인해 보았다.

툭.

현우가 따지도 않은 맥주 캔을 바닥으로 떨어뜨렸다.

'망했다.'

본능적으로 가장 먼저 드는 생각이었다.

"아까운 맥주는 왜 떨어뜨려?"

손태명이 바닥에 구르고 있는 맥주 캔을 집어 들며 말했다. 현우는 대답이 없었다. 손태명이 현우의 어깨너머로 노트북을 들여다보았다.

"사, 삼천 명?!"

"예? 몇 명요?!"

i2i 멤버들의 예능 스케줄을 살펴보고 있던 최영진도 화들짝 놀랐다.

"이거 어떻게 하지?"

현우는 당황스러웠다.

대대적으로 기사도 나고 대중들의 관심도 높았기에 어느 정도 예상은 하고 있었다. 하지만 서류 지원을 한 사람들만 3,000명이었다. 어울림 엔터테인먼트가 지원자들에게 요구하고 있는 서류는 딱 두 가지였다. 스스로에 대한 간단한 에세이와 어울림에서의 포부가 담긴 포트폴리오. 3,000명이나 되는 지원자의 서류들을 다 읽어보려면 한동안 사무실에서 꼼

짝도 하지 못하고 밤을 지새워야 할 것이다.

"현우 형님, 어떻게 하실 거예요?"

최영진이 물었다.

"어떻게 하긴 다 읽어봐야지. 바쁜 시간 내줘서 지원해 준 사람들이잖아. 그리고 차라리 잘된 거야. 어쩌면 진짜 좋은 식구들을 만날 수도 있겠어."

"그렇긴 하네요."

최영진이 고개를 끄덕거렸다.

"그런 의미에서 은정이랑 지유한테 도움 좀 받아야겠다."

"오늘 둘이 오랜만에 쇼핑 간다고 하지 않았어?"

손태명이 말했다. 현우가 쓰게 웃었다.

"우리 셋이서 삼천 명이나 되는 사람들의 지원서를 다 읽어 볼 수 있다고 생각해? i2i 아이들 스케줄로도 정신없이 바쁜데 말이야."

"그럼 승석이한테 연락해 볼까?"

"그래, 그게 낫겠다."

현우가 먼저 송지유에게 전화를 걸었다.

"지유야, 쇼핑 잘 하고 있어?"

─저녁 먹고 있어요. 왜요?

"은정이랑 회사 와서 일 좀 같이해 줘야 할 것 같아."

─무슨 일인데요?

"신입 사원 뽑는데 지원자가 3,000명이야."

—정말이에요?

송지유도 조금은 놀란 눈치였다.

"응. 피곤하면 집에 가도 되고."

—아니에요. 오랜만에 회사 일 보는 것도 재밌을 것 같아요. 은정이랑 갈게요.

"오케이. 알았어."

—저녁은요?

"아직 못 먹었지."

—알았어요. 초밥 포장해 갈게요.

"유, 유부초밥?"

—유부초밥 먹고 싶어요?

"아니야. 유부초밥도 좋은데 오늘은 다른 초밥이 먹고 싶네."

—알았어요.

전화를 끊자마자 현우는 첫 번째 지원자의 서류를 읽어 내려가기 시작했다. 시간이 조금 흐르자 오승석에 이어 송지유와 김은정도 사무실에 도착했다.

"오빠들! 배고프죠? 오늘은 지유가 만든 유부초밥이 아니고 일반 초밥입니다! 가게에서 포장해 온 초밥! 그러니까 안심하고 드세요!"

"내 유부초밥이 어때서? 현우 오빠는 내 유부초밥이 제일 맛있다고 했어. 안 그래요, 오빠?"

"어? 으, 응. 유부초밥 하면 송지유지."

"그럼 내일모레 촬영장에 유부초밥 만들어서 갈까요? 스태프들도 좋아할 것 같은데. 감독님도 드리고."

순간 현우의 얼굴에 균열이 갔다.

"그건 아니지. 송지유 유부초밥은 나만 먹고 싶다."

"이거 봐. 진짜 맛있게 먹는다니까?"

유도신문을 끝낸 송지유가 김은정을 흘겨보았다. 김은정이 측은한 표정으로 현우를 쳐다보았다.

"연예 기획사 대표가 절대 쉬운 일이 아니라니까."

김은정이 홀로 중얼거리며 사무실 책상 위로 초밥을 세팅했다. 저녁 겸 야식을 먹고 다들 사무실 책상에 앉아서 노트북을 들여다보기 시작했다.

"오빠, 기준이 뭐예요? 어떤 걸 보고 뽑으면 되는 거예요?"

송지유가 물어왔다.

"어려운 건 없어. 읽어보고 우리 어울림 식구들이랑 어느 정도 잘 맞겠다, 또 정말 연예계에 대한 꿈이 있어 보인다 싶으면 일단 뽑아놓으면 돼."

"내 마음대로 뽑아도 상관없어요?"

"괜찮아. 어차피 지유 너랑 아이들, 유희 씨를 뒤에서 지원

해 줄 사람을 뽑는 거니까. 가급적이면 소속 연예인들 마음에
드는 사람들이 더 좋지 않겠어?"

확실히 현우의 말은 설득력이 있었다.

　　　　*　　　　　*　　　　　*

무려 일주일 동안이나 지원자들의 서류를 검토해야 했다.
그리고 면접을 볼 최종 100명의 지원자가 정해졌다.

어울림 엔터테인먼트는 이른 아침부터 정신없이 분주했다.
오전 8시에 출근해 1층 카페와 지하 1층 연습실을 면접 대기
실로 간단하게 정돈했다. 그리고 3층 사무실은 면접장으로 꾸
몄다.

"영진 오빠, 가만히 좀 있어 봐요!"

"그, 그게… 목이 너무 조여서."

"넥타이는 슈트의 기본인 거 몰라요?"

"아, 알았어."

현우와 손태명은 물론이고 오승석과 최영진도 말끔한 슈트
차림을 하고 있었다.

"좋아! 다들 멋있어!"

김은정이 박수를 치며 마무리했다.

"승석아, 지금 몇 시지?"

"9시 30분 조금 넘었어."

오전 10시부터 어울림 역사상 첫 면접이 시작된다. 현우는 괜스레 가슴이 두근거렸다.

"기획사 대표님 자리가 이제 좀 실감이 날 거다. 그치?"

손태명이 현우의 어깨를 툭 치며 말했다.

오전 10시가 되자 본격적인 면접이 시작되었다. 3층 사무실로 다섯 명의 지원자가 들어왔다.

"헉!"

한 남자 지원자가 헛숨을 들이마셨다. 다른 지원자들도 화들짝 놀랐다. TV에서나 보던 송지유가 면접관 자리에 앉아 이쪽을 보고 있었기 때문이다. 그리고 그 옆으로는 고양이 소녀들과 서유희도 앉아 있었다.

지원자들은 놀라워하면서 지금의 상황에 어리둥절해했다. 면접을 보러 왔는데 어울림 엔터테인먼트 소속 연예인들이 총출동해 있는 것이다.

현우가 살짝 웃으며 입을 열었다.

"조금 놀랐을 겁니다. 그런데 크게 걱정할 필요는 없습니다. 앞으로 한식구가 되면 자주 보게 될 테니 그냥 편하게 생각해요."

이제야 지원자들이 긴장을 풀었다.

면접이라고 해봐야 대단한 건 없었다. 다섯 명씩 총 여섯

팀의 면접이 끝이 났다. 어느덧 오후 1시가 넘었다.

"잠깐 좀 쉴까? 영진아, 밖에 대기하고 계시는 분들한테 도시락 돌려라."

"예, 형님."

최영진이 김은정과 함께 미리 주문해 놓은 도시락들을 돌렸다. 현우는 팔짱을 낀 채 생각에 잠겨 있었다.

서류 합격자 100명 중 벌써 30명이나 면접을 봤지만 마음에 드는 사람이 단 한 명도 없었다. 서류로 그 사람을 평가했을 때와 직접 얼굴을 마주했을 때의 괴리감이 상당히 컸다.

한편, 오전부터 면접을 보고 집으로 돌아간 면접자들이 하나둘 어울림에서의 면접 일화를 인증 글로 남기고 있었다.

345238 어울림 엔터 면접 다녀왔습니다. 인증 有

오전 10시 첫 순서로 어울림에 면접을 보고 왔습니다. 많이 떨렸는데 생각보다 너무 편안한 분위기였습니다. 그리고 더 놀란 건 송지유, i2i 고양이 소녀들, 서유희라는 배우도 면접장에 있었다는 겁니다. 송지유, 진짜 예쁘더군요. 후광이 비치는 줄 알았습니다. 고양이 소녀들도 TV에서 보던 것보다 훨씬 예뻤습니다. 서유희도 실물이 장난 아니더군요. 그리고 김현우 대표님이랑 이런저런 대화를 많이 했습니다. 친절하게 질문해 주셔서 기억에 남네요. 질문은 면접자마다 다 달랐습니다. 저한테는 무슨 영화를 감명 깊게 봤느냐, 어느 아이돌을 좋아하느냐, 그리고 제일 좋아하는 만화가 뭐냐를 물어봤는데 많이 당황스러웠습니다. 저는 연예계의 동향이나 매니지먼트 용어 등 이런 전문적인 걸 물어볼 줄 알았거든요. 오승석 작곡가님은 가장 좋아하는 노래가 뭐냐고 물으셔서 그냥 오승석 작곡가님 노래라고 하고 나왔습니다. 어울림이 앞으로 어떤 행보를 보여야 할지 대답해 달라는 게 마지막 공통 질문이었습니다. 저는 딱히 대답을 잘하지는 못했습니다. 그래서 그런지 전문적인 매니지먼트 지식을 준비해서 면접을 본 분들은 결과가 좋지 않을 것 같다는 생각이 드네요. 전문적인 지식보다는 얼마나 문화에 대해서 깊은 관심이 있는지를 중점적으로 보는 것 같았습니다. 합격을 할지 떨어질지는 모르겠지만 좋은 경험이었던 것 같습니다. 그럼 여기서 글을 줄이겠습니다. 김현호우!

커뮤니티마다 올라오고 있는 인증 게시 글 때문에 온라인 세상이 소란스러워져 있었다. 대중도 갑론을박을 벌이고 있는 상황이었다.

─질문이 비전문적이지 않음? 영화나 아이돌 좋아하는 걸 묻는 건 좀.
─ㅋㅋ 연예 기획사에서 영화, 아이돌 이런 거 질문하지 그럼

무슨 질문함? 토익 점수 몇 점이냐? 영어로 대화 가능하냐? 아니면 세계 증시 상황 이런 거?

─ㅇㅈ 연예 기획사에서 일하려면 오타쿠 수준은 되어야 하지 않음? 밥 말리랑 클라크 게이블도 모르면서 연예 기획사 들어가서 일할 생각하면 소름 돋지 않나?

─난 어울림이 잘하고 있다고 생각함. 우리나라는 너무 학벌이랑 스펙만 봄. 그렇게 스펙이랑 학벌이 뛰어난데 왜 나라는 이 모양이 꼴임? ㅋㅋ

─그래서 그나마 유지되는 거지. 뭘 모르시네.

─ 공부 잘하는 게 도움이 되는 건 부정 못 할 사실이지만 우리나라는 그 범위가 너무 광범위함. 연예 기획사면 연예계나 문화 이런 거에 정통하면 그만이지 않음?

대중 간의 치열한 논쟁이 벌어지고 있는 사이 현우는 도시락을 먹으며 생각에 잠겨 있었다.

'생각보다 쓸 만한 사람들이 너무 없어.'

학벌이 좋은 사람들도 있었고, 영어나 일어, 중국어 등 언어에 능통한 사람들도 제법 있었다. 하지만 정말로 영화나 음악 같은 특정 문화에 심취해 있거나 연예계에 관심이 있는 사람이 거의 없었다. 능력에 비해 열정이 없는 것 같아 아쉬움이 컸다.

그리고 대다수의 사람들이 어울림에서 공개한 조건을 보고 오는 것 같아 마음 한구석이 씁쓸했다.

점심 식사를 마치고 다시 면접이 시작되었다.

"어? 대표님, 저분 그때 그분 맞죠?"

김수정이 현우에게 조용히 말을 걸어왔다. 다섯 명의 면접자 중 익숙한 얼굴이 보였다. 치킨 배달을 온 해병대 출신 김철용이라는 청년이었다.

다시 면접이 시작되었다. 현우는 면접자들에게 이런저런 사소하면서도 중요한 질문을 쏟아내었다. 그러다 마지막으로 김철용의 순서가 다가왔다.

"김철용 씨, 치킨 배달 아르바이트는 그만둔 겁니까?"

현우가 첫 질문을 했다.

"아닙니다. 사장님께 미리 말씀드리고 오늘은 쉬기로 했습니다."

"그래요? 특별히 좋아하는 영화가 있습니까? 드라마도 좋습니다."

"어, 음, '인순이는 예쁘다'라는 드라마가 아직도 기억이 나긴 합니다."

"그래요?"

생전 처음 들어보는 드라마 이름이라 현우는 관심이 갔다.

"어떤 드라마입니까?"

"여자 주인공 인순이가 어린 나이에 우연히 사람을 죽이게 됩니다. 자신을 방어하기 위해 어쩔 수 없는 선택이었지만 결국 교도소에 가게 되고, 세월이 흘러 세상에 나옵니다. 그리고 세상의 편견 속에서 하루하루 버티면서 살게 됩니다. 그러다 죽은 줄 알았던 엄마를 만나게 되는데 그 엄마가 세상 사람들이 다 아는 유명 탑스타였죠. 딸이 살인 전과자라는 사실 때문에 엄마조차도 딸을 점점 미워하고 숨기려고 합니다. 인순이는 그런 어려운 상황 속에서도 밝게 살기 위해 최선을 다하고요."

김철용이 띄엄띄엄 어색하게 설명을 마쳤다. 다른 면접자들이 황당하단 표정으로 김철용을 보았다. 남들이 다 알 만한 영화나 드라마도 아니고 장황하게 줄거리 설명을 한 것이다.

"신입 매니저가 되면 하고 싶은 게 있습니까?"

"제가 i2i 여러분을 정말 좋아하거든요! 항상 옆에서 지켜보고 싶습니다! 아, 좋은 의미로 말입니다! 뽑아주십시오!"

면접장으로 침묵이 내려앉았다. 정말 단순하면서도 직설적인 멘트였다. 결국 현우는 피식 웃어버렸다.

그리고 현우는 마지막 공통 질문을 꺼내 들었다.

"어울림 엔터테인먼트는 앞으로 어떤 방향으로 나가면 좋을 것 같아요, 철용 씨?"

"복잡한 건 잘 모르겠는데요, 사람을 믿으면서도 사람을 조심해야 한다고 생각합니다."

김철용의 뜬금없는 대답에 다른 면접자들이 고개를 저었다. 하지만 현우의 눈동자로 이채가 어렸다.

"사람을 조심해야 한다? 이유는요? 구체적으로 설명해 주시겠어요?"

"사람이라는 동물이… 그 뭐지? 무슨 동물이라고 하던데……?"

"사회적 동물요?"

김수정이 살짝 김철용을 거들어주었다.

"네, 그겁니다! 사람이 사회적 동물 아니겠습니까? 사람과 사람 사이의 신의와 의리가 있어야 지금처럼 어울림이 잘 돌아갈 거라고 생각합니다. 어차피 사람이 사는 게 다 사람들끼리의 문제 아니겠습니까? 서로 믿고 등을 맡길 수 있는 사람이 있다는 게 최고 아니겠습니까? 제가 고등학교밖에 나오지 않았지만 이건 확실히 알고 있습니다."

현우는 대답 대신 그저 조용히 웃기만 했다. 얼핏 보면 단순하다고 생각할 수도 있겠지만 우문현답이라고 김철용은 핵심을 꼬집고 있었다.

'생각이 있는 친구야. 이것저것 가르쳐 주면 충분히 잘 따라오겠어.'

현우는 김철용이 마음에 들었다. 현우 역시 연예계에 몸을 담으면서 느낀 게 있다면 바로 대인관계의 중요성이다. 사회 어디서나 마찬가지겠지만 특히 연예계는 평판이 매우 중요했다. '카더라'라는 말이 가장 많이 나오는 곳이기도 했다.

그리고 무엇보다도 중요한 것이 소속사와 소속 연예인들 간의 관계였다. 엘시만 봐도 S&H와의 신뢰가 깨져 버렸고, 결국 이장호 회장이 굳게 믿고 있던 계약서는 종이 쪼가리가 되어 버렸다. 그 대가로 S&H는 엘시라는 상징을 잃어버렸다.

반대로 어울림 엔터테인먼트가 빠른 시일 내에 성장할 수 있던 이유 중에는 서로 간에 가족이라는 의식이 있었기 때문이다. 몇 번의 기회를 서로 힘을 합쳐 잡아낼 수 있었다. 또한 몇 번의 위기도 서로 힘을 합쳐 극복해 낼 수 있었다.

'하나만 더 물어볼까?'

현우가 김철용을 향해 다시 입을 열었다.

"만약에 철용 씨가 우리 회사 매니저가 되었다고 칩시다. 하나에게 회사 몰래 남자 친구가 생긴 겁니다. 그걸 철용 씨가 우연히 알게 된 거죠. 그땐 어떻게 할 겁니까?"

"아이돌도 사람 아닙니까? 연애도 해야죠. 대신 괜찮은 놈이어야 합니다. 그렇기만 하면 최대한 숨겨줄 겁니다."

"그러다 발각돼서 철용 씨가 회사에서 쫓겨나도 말입니까?"

"에이, 김현우 대표님께서 어디 그럴 사람입니까? 김현호우 아니십니까?"

김철용의 대답에 면접자들이 미친놈 아니냐는 표정을 지었다. 당연히 회사에 알려야 하는 것이 그들이 알고 있는 상식이었다.

손태명과 오승석이 결국 웃음을 터뜨렸다. 최영진은 간신히 웃음을 참고 있었다. 배하나는 김철용에게 엄지를 척 들어 보이고 있었다.

'한 입으로 두말하는 스타일은 아니구나.'

사람과 사람 사이의 신뢰가 중요하다고 대답한 김철용이다. 회사와 담당 연예인 사이에서 담당 연예인을 선택한 김철용의 답변은 현우를 만족스럽게 했다.

"좋습니다. 그럼 여러분, 수고하셨습니다."

"예! 꼭 뽑아주십시오!"

김철용이 90도로 인사한 후에 가장 먼저 면접장을 나갔다. 자신들에게도 질문이 돌아올 줄 알고 있던 다른 면접자들이 당황해하다가 면접장을 빠져나갔다.

면접은 계속되었다. 현우는 김철용 말고도 마음에 드는 세 사람을 더 발견할 수 있었다. 그중 두 명은 손태명을 도와 어울림의 살림과 업무를 맡아줄 사람이었다.

한 명은 유명 증권 회사를 그만두고 1년 동안 미국 브로드웨이에서 극단 경영 업무를 본 유선미라는 여자였다. 극단 경영을 해본 경력도 좋게 봤지만 무엇보다도 현우는 꿈을 위해 자신이 가진 걸 과감하게 내려놓을 줄 아는 그녀의 선택에 높은 점수를 주었다.

또 다른 한 명은 졸업을 앞두고 있는 조소과 출신의 이혜은이라는 대학생이었는데 연극과 뮤지컬, 영화, 음악 등 다양한 분야에 걸쳐 칼럼니스트 수준의 지식을 갖고 있었다.

그리고 마지막 한 명은 현우가 한 번 본 적이 있는 사람이었다. 고석훈이라는 이름의 매니저였다. 고석훈은 이장호 회장과 담판을 짓던 날 끝까지 옆에서 엘시와 현우를 지켜주던 매니저였다. 그의 바람은 한 가지였다. 어울림에서 엘시의 매니저를 하는 것. 그래서 엘시에게 진 빚을 갚겠다는 것이다.

면접이 모두 종료되고 현우는 이 네 사람들에게 입사 합격 전화를 돌렸다. 다들 더없이 기뻐했는데 상남자라던 김철용은 심지어 엉엉 울기까지 했다.

이로써 총 네 명의 새 식구가 어울림에 입사하게 되었다.

그리고 두 달이라는 시간이 흘렀다.

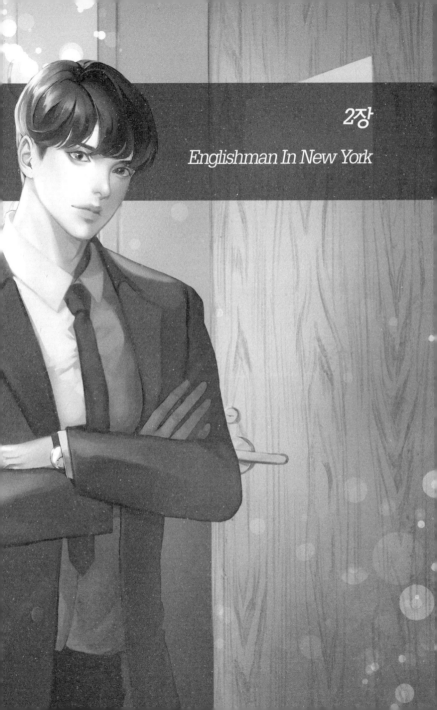

2장

Englishman In New York

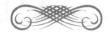

 '그와 그녀의 흔한 첫사랑'의 촬영도 막바지에 접어들고 있
었다. 그리고 오늘 마지막 장면을 촬영하기 위해 촬영장의 모
든 사람이 초집중 상태를 유지하고 있었다.

 김성민 감독은 그간 많이 자란 턱수염을 쓰다듬으며 연출
팀에게 이런저런 지시를 내리고 있었다. 첫 영화의 오프닝을
열 대의 카메라를 통해 다각도에서 극중 주인공들을 잡은 것
처럼 마지막 장면도 마찬가지였다.

 김성민 감독이 구상한 샷에 맞게 위치마다 카메라가 자리
를 잡고 있었다.

"오늘 놓치면 내일 또 찍어야 하니까 긴장들 해라."

김성민 감독은 어금니를 꽉 깨물었다.

오직 이 한 장면을 찍기 위해 일부러 화창한 늦가을 날씨를 기다리고 또 기다렸다.

김성민 감독이 무전기를 들었다.

"준비됐지?"

―예, 선배님!

인문학 본관 건물 옆, 지상 4층 높이의 지미집 안에서 카메라 감독이 카메라를 붙잡고 있었다.

슬레이트가 내려가며 마지막 장면 촬영이 시작되었다.

"후우."

짧은 머리를 어루만지며 송민혁, 정훈이 캠퍼스 입구에 멈추어 서 있었다. 그의 표정이 추억에 물들었다.

'배우라는 사람들은 볼 때마다 신기해.'

송민혁의 표정만 봐도 무슨 생각을 하는지, 그리고 무슨 감정을 느끼는지 고스란히 느껴졌다.

추억과 후회로 뒤섞인 표정을 짓고 있던 김정훈이 어색한 걸음을 옮겼다. 2년 전 그날처럼 여전히 캠퍼스에는 학생들이 저마다 바쁘게 걸음을 옮기고 있었다.

김정훈의 시선이 한쪽으로 향했다. 그의 눈동자가 회한에 젖었다. 그리움과 자책, 그리고 미안함 등 수많은 감정이 느껴졌다.

　터벅터벅.

　김정훈이 캠퍼스를 걷기 시작했다. 그러다 어느 순간 그의 걸음이 멈추었다. 어깨에 메고 있던 백팩이 땅으로 떨어졌다.

　모든 사람이 무심코 지나치고 있었지만 오직 한 사람만은 스르르 고개를 돌렸다. 송지유, 미주였다.

　미주와 정훈의 시선이 서로에게로 향했다. 정훈의 눈동자에 당혹감이 어렸다. 그러면서 눈동자가 서서히 붉어졌다. 표정의 변화가 없던 미주가 서서히, 아주 서서히 미소를 짓기 시작했다. 복잡하고 다양한 감정이 담긴 그런 미소였다.

　보는 현우조차도 애매하게 느껴질 정도였다.

　미주와 정훈의 시선이 한동안 서로에게서 떨어질 줄을 몰랐다. 모두가 숨을 죽였다.

　"컷!"

　김성민 감독이 컷을 외쳤지만 촬영장은 여전히 고요했다.

　결국 송민혁이 감정이 담긴 숨을 토해내며 촬영이 종료되었다. 현우는 곧장 담요를 들고 송지유에게로 뛰어갔다.

　"지유야, 잘했어! 수고했어!"

　갑자기 송지유가 뚝뚝 눈물을 흘리기 시작했다. 절제하고 있던 감정이 촬영이 끝나며 터져 버린 것이다.

　"그동안 고생 많았다."

현우가 담요를 덮어주며 송지유의 어깨를 다독여 주었다. 송지유가 조용히 현우의 가슴팍에 얼굴을 묻었다. 그 누구도 그런 현우와 송지유를 이상하게 보지 않았다. 배우가 촬영 후 감정을 추스르는 과정임을 잘 알고 있기 때문이다.

"당분간 푹 쉬자. 은정이랑 쇼핑도 하고 할머니랑 유라랑 여행도 다녀와. 응?"

"그럴 거예요. 그런데 왜 이렇게 슬픈지 모르겠어요."

미주는 연기가 상당히 어려운 역이었다. 비밀스러운 성격을 가지고 있는 캐릭터였기 때문이다. 그래서 모든 감정을 최소한 으로 절제해서 표현해야 했다.

현우는 송지유가 안쓰러우면서도 대견했다. 첫 영화임에도 힘들다는 내색 한번 없이 촬영을 마무리해 주었다.

"기운 차려서 유부초밥 만들어줘야지. 요즘 기력 달린다."

"정말 유부초밥이 먹고 싶어요?"

송지유가 살며시 고개를 들어 현우를 살펴보고 있다. 코끝 이 빨간 게 상당히 귀여웠다.

"당연하지."

"내일 집으로 와요. 할머니랑 유라도 오빠 보고 싶다고 했 어요."

"그래, 알았어. 그러니까 이제 기분 풀자. 응?"

"응, 알았어요."

"좋아! 하하!"

현우가 크게 웃었다.

"다들 고생했어요! 하하!"

박창준 대표의 입도 귀에 걸렸다. 이제 포스트 프로덕션 과정을 거쳐 파이널 컷이 완성된다. 그 후부터는 대중들도 익히알고 있듯이 대대적인 홍보 과정을 거쳐 영화가 개봉된다.

"오늘 회식하죠! 전원 참석하리라 믿습니다!"

박창준 대표의 외침에 촬영장으로 환호성이 터져 나왔다.

*   *   *

송지유가 첫 영화 촬영을 무사히 마쳤다면 i2i는 9주 연속 1위 기록을 세우며 걸즈파워가 세운 음악 방송 신기록과 동률을 이루었다. 멤버들의 인기는 물론 인지도도 치솟고 있었다. 특히 이솔의 경우 지금은 휴식기를 가지고 있는 엘시와 비견될 만하다는 평가를 받고 있었다.

광고 섭외도 밀려들어 왔다. 유명 탄산음료 광고를 비롯해 유명 아이스크림 광고와 패션 브랜드 회사의 광고까지 찍었다. 송지유의 광고 모델료가 평균 8억 선인데 i2i도 6억까지 몸값이 치솟았다.

세 개의 광고를 찍으며 벌어들인 금액만 18억. 어마어마한 액수였다.

"대표님, i2i 인터넷 쇼핑몰 광고 들어온 건 어떻게 답변할까요?"

단발머리에 커리어 우먼 느낌이 물씬 풍기는 유선미가 현우에게 물었다.

"선미 씨 생각은요?"

"신생 브랜드라 섣불리 계약할 건 아니라고 봅니다. 재무상태도 불안정하다는 소문이 있어요. 당분간 보류하면 어떨까요?"

"하긴, 그럼 그렇게 하세요."

"네, 대표님."

무뚝뚝한 성격만 빼면 능력 하나는 탁월했다.

"혜은 씨, i2i 멤버들 개인 예능 스케줄 정리해 놨죠?"

"네, 그럼요."

"영진이 사무실로 복귀하면 바로 건네줘요."

"네, 알겠습니다."

이혜은도 손태명을 도와 소속 연예인들의 스케줄을 체계적으로 관리하고 있었다. 또 붙임성도 좋았다. 김은정과 유난히 친해져 서로 언니, 동생 하는 사이가 되었다.

그렇게 어느덧 어울림도 점점 자리를 잡아가고 있었다.

'문제는 너무 바빠졌다는 거?'

그나마 송지유가 영화 촬영을 마쳐서 당분간은 짬이 났다. 물론 후반 작업이 끝나면 또 지옥 같은 홍보 일정이 기다리고 있었다.

"형님! 현우 형님!"

사무실 문이 열리고 김철용이 들이닥쳤다. 김철용은 근래 들어 서유희를 전담하고 있었다.

"어, 철용아. 왜?"

"유희 누님, 운전면허 붙으셨습니다!"

"그래?"

"예! 다섯 번 만에 붙으신 겁니다!"

김철용은 언제 봐도 유쾌했다. 뒤이어 서유희가 사무실 문 틈으로 고개를 내밀었다.

"왔어?"

현우가 서유희를 반갑게 맞았다.

"오빠, 저 운전면허 붙었어요."

"이미 들었지. 차 한 대 뽑아줄까? 리스로?"

"정말이세요?"

"응."

"괘, 괜찮아요. 아직 서툴러서 겁나요."

"누님, 제가 있지 않습니까?"

"그, 그렇긴 한데 철용아."

"형님, 경차 한 대 뽑아주시죠! 제가 완벽하게 연수시켜 드리겠습니다!"

"오케이."

"괘, 괜찮은데."

서유희가 곤란해했다. 신세 지는 것을 굉장히 싫어하는 서유희였다. 그리고 그런 서유희를 김철용이 알뜰살뜰 챙기고 있었다. 여러모로 상호 보완적인 조합이었다.

"무슨 일로 부르셨어요?"

"유희야, 드라마 하나 해볼래?"

"드라마요?"

"일단 대표실로 따라와 봐."

현우는 서유희를 데리고 대표실로 향했다. 대표실 책상 위에 두툼한 대본 하나가 놓여 있다.

신(新) 콩쥐팥쥐전

대본 겉장에 적힌 제목이다.

"읽어 봐. MBS에서 새로 들어가는 주말극이야."

"네."

서유희가 소파에 앉아 대본을 읽었다.

"어때?"

"시청자분들이 좋아할 것 같아요. 근데 대본은 어떻게 가져오신 거예요?"

"이진이 작가님이라고, MBS에 친한 작가님이 한 분 있거든. 그분 선배님이야. 사실 그 선배라는 작가님이 이진이 작가님한테 지유한테 대본 보여주라고 간곡하게 부탁했는데 지유는 예능 프로젝트가 잡혀 있잖아. 시간이 없어. 그렇다고 까버리기에는 대본이 좋은 것 같아서 네가 생각난 거지."

"오빠."

서유희가 감동했다. MBS 토, 일 주말극이었고, 황인옥 작가라면 중견 작가에 꼽히는 유명 작가였다.

"작가 선생님 만나러 같이 가볼래?"

"네, 좋아요!"

"오케이. 그럼 내일 저녁으로 약속 잡아놓을 테니까 시간 비워둬."

"네!"

다음 날 현우는 서유희를 데리고 황인옥 작가의 거처를 찾았다. 유명 작가답게 2층짜리 전원주택 입구에서 황인옥 작가의 문하생 한 명이 현우와 서유희를 반갑게 맞아주었다.

문하생이 현우와 서유희를 작업실로 안내했다. 두 사람을 기다리고 있던 황인옥 작가가 손수 드립 커피를 내려주었다.

작업실로 진한 헤이즐넛 향이 감돌았다.

"어울림의 김현우입니다. 기사에서 본 것보다 더 젊으신데요, 작가님?"

"호호, 말만 들어도 기분이 좋네요. 대표님도 생각보다 의젓하시네요."

"네?"

"김현호우, 김태식. 별명만 들어보면 보통 인물은 아닐 것 같았거든요. 호호!"

황인옥 작가가 입을 가리고 웃었다. 현우도 기분 좋게 웃었다. 까다로운 성격이 아니라 오히려 털털한 성격 같아서 마음이 놓였다.

"아, 안녕하세요. 서, 서유희입니다."

눈치만 보고 있던 서유희가 조그맣게 인사를 했다. 황인옥 작가가 서유희를 슥 살폈다.

"반가워요. 황인옥이에요. 신인 배우라고 들었는데, 맞죠?"

"네, 네."

서유희는 유명 작가 앞에서 주눅이 들어 있었다. 서유희를 한참 동안 관찰하던 황인옥 작가가 커피 잔을 내려놓으며 입을 열었다.

"고하정 역할은 조금 무리일 것 같은데."

고하정. 착한 콩쥐 캐릭터로 이번 드라마의 메인 여자 주인공이다.

"고하정은 안 되겠어요."

황인옥 작가는 단호했다. 검증도 안 된 신인 배우에게 메인 주인공 역할을 맡길 수는 없는 일이었다.

황인옥 작가가 계속해서 고개를 갸웃했다.

"그렇다고 민정이 역할을 맡기에는 유희 씨가 너무 선하게 생겼어요. 강아지 상에 이목구비도 동양적이고. 차라리 하정이 친구 역할은 어때요? 조연이긴 하지만 브라운관에서 얼굴 알리기에는 좋을 거예요. 이미지도 선한 캐릭터라 잘 맞을 것 같고."

"작가님, 민정이 역할을 우리 유희가 해보면 어떨까요?"

"민정이요?"

황인옥 작가가 의외라는 표정을 지었다.

"네, 그렇습니다."

반면 현우는 담담했다.

사실 현우는 메인 여주인공 고하정 역에는 전혀 관심이 없었다. 현우가 관심을 가지고 있는 캐릭터는 오로지 민정, 그러니까 연민정 역할이었다.

"유희 씨는 어울리지 않을 텐데요?"

"아뇨. 직접 보시면 생각이 바뀔 겁니다. 유희야, 할 수 있지?"

"네, 네."

황인옥 작가가 미심쩍은 얼굴을 했다. 선하게 생긴 외모에 보호 본능을 일으키는 분위기, 그리고 수줍고 조용한 성격을 가지고 있어 연민정 역할에는 도저히 어울리지가 않을 것 같았다. 그렇다고 억세고 강한 고하정 역할에 어울리는 것도 아니었다.

"작가님, 대, 대본에 연민정 캐릭터 주요 대사로 적어놓으신 거 한번 해보겠습니다."

"그래요, 한번 해봐요."

황인옥 작가는 아예 팔짱까지 꼈다. 문하생들도 일제히 서유희를 주목했다.

"잠시만 감정 좀 잡을게요."

서유희가 푹 고개를 숙였다. 그러다 번쩍 고개를 들었다. 얼굴 표정과 눈빛이 싹 바뀌어 있었다.

"네 엄마한테 전해. 계속 이런 식으로 내 뒤통수치려고 나오면 내가. 또. 아주. 미쳐 버린다고. 알겠니? 무식하고 교양 없긴."

서유희가 대사를 쉬고 황인옥 작가를 보며 이죽거렸다. 그리고 손바닥을 펼쳐 황인옥 작가를 향해 살랑 흔들어 보였다.

"넌 나한테 아무 짓도 못해. 네가 가장 사랑하는 사람, 두 사람이 내 손에 들어 있거든?"

두 눈에서 독기를 뿜어내며 서유희가 황인옥 작가를 향해 손바닥을 내밀었다.

"너희 친엄마 후~ 그리고 네 딸 비단이도 후~"

서유희가 손바닥을 입에다 대고 황인옥 작가를 향해 바람을 불었다.

작업실이 싸늘해졌다. 문하생 한 명이 딸꾹질을 하며 정적이 깨졌다.

"죄, 죄송합니다. 마지막 대사는 애드리브로, 죄, 죄송해요."

"유희 씨, 손바닥 흔드는 거랑 바람 부는 거 어떻게 생각해 낸 건가요?"

"네?"

서유희가 현우를 쳐다보았다. 현우가 조용히 고개를 저었다.

황인옥 작가의 표정이 미묘했다. 그러다 조용히 박수를 치기 시작했다.

"정말 미친년 같았어요, 유희 씨. 아주 잘했어요, 잘했어. 그 손바닥으로 바람 부는 거랑 마지막 대사, 나중에 대본에 추가해도 되죠?"

"그, 그럼요! 미친년으로 봐주셔서 정말 감사합니다, 작가님!"

"최고였어요! 난 진짜 미친년인 줄 알았어요. 얘들아, 그렇지 않니?"

"네, 선생님! 저희도 저런 미친년은 처음 봐요!"

현우는 속으로 안도의 한숨을 내쉬었다.

마지막에 바람을 후~ 부는 애드리브는 현우의 아이디어였다. 아니, 아이디어라기보다는 과거로 돌아오기 전 현우가 TV에서 본 이번 드라마의 명장면이었다.

몇 번이나 시청률 참패를 겪은 황인옥 작가의 이번 복귀 작품은 최고 시청률 38%를 기록할 만큼 대히트를 치게 된다. 그리고 무엇보다도 연민정 역할을 맡은 여배우를 단숨에 연기파 스타 배우로 만들어준 작품이기도 했다.

'유희 정도의 연기력이라면 충분해. 아니, 차고 넘쳐.'

현우는 서유희를 쳐다보았다. 아무리 현우가 미래를 알고 있다고 해도 서유희의 연기력이 뒷받침해 주지 않았다면 황인옥 작가의 마음을 사로잡을 수 없었을 것이다.

영화 촬영 내내 서유희는 송지유의 연기를 지도해 줄 만큼 뛰어난 연기력을 보여주었다. 영화의 후반부에서는 김정훈에 의해 버림받고 방황하는 정서 역할을 소름 끼칠 정도로 소화하기도 했다.

"대표님, 그럼 민정이 역할은 우리 유희 씨가 하는 걸로 해요. 알았죠?"

"감사합니다, 작가님. 절대 실망하지 않으실 겁니다."

"호호, 사실 처음에는 신인 배우라고 해서 실망했는데 지금은 오히려 잘됐다 싶어요. 유희 씨, 대체 그런 연기는 어떻게 하는 거예요? 노하우가 있어요?"

"노, 노하우요?"

서유희는 잠시 생각에 잠겼다가 입을 열었다.

"그냥… 민정이 역할이 인간이 아니라고 생각했어요."

"훌륭해요. 민정이 역할 잘 부탁해요, 유희 씨."

"네, 선생님!"

서유희가 밝게 웃었다.

"방금 그 연기 한 번만 더 보여줄 수 있겠어요? 나 막 영감이 떠오를 것 같아서 그래요. 연민정 캐릭터, 내가 희대의 악녀로 만들어줄게요. 그러니까… 응?"

황인옥 작가가 간곡하게 부탁해 왔다.

"네! 그럼요!"

서유희가 호흡을 골랐다. 그리고 그녀의 표정이 일순간 변했다. 순간 또 그 악녀가 등장했다.

"네 엄마한테 전해. 계속 이런 식으로 내 뒤통수치려고 나오면 내가. 또. 아주. 미쳐 버린다고. 알겠니? 무식하고 교양 없긴. 넌 나한테 아무 짓도 못해. 네가 가장 사랑하는 사람, 두 사람이 내 손 안에 들어 있거든? 너희 친엄마 후~ 그리고 네 딸 비단이도 후~"

서유희가 입을 손바닥에 대고 후 바람을 불었다.

"바람에 휩쓸려 아무것도 못하고 사라지고 싶지 않으면 네 주제를 알고 날 똑바로 대해. 멍청하고 쓸모없는 년."

황인옥 작가가 헉 하며 헛숨을 들이켰다.

미친 애드리브였다.

*　　　　*　　　　*

영화 후반기 작업이 마무리되어 갈 때쯤 송지유의 사인회 일정이 잡혔다. 첫 사인회는 CV E&M의 본사에서 시작되었다. 영화 개봉을 앞두고 CV E&M에서 대대적으로 지원해 주고 있었다. 본사 1층에 '그와 그녀의 흔한 첫사랑'의 포스터와 송지유의 개인 포스터가 사방으로 붙어 있다.

본사 1층의 로비 중앙으로 사인회 무대가 만들어져 있고, 줄이 끝도 없이 이어져 있었다. 수많은 사람들이 송지유를 만나기 위해 이곳까지 찾아온 것이다.

"자, 여러분! 이제 지유 씨가 등장할 겁니다! 최대한 크게 박수도 쳐주시고 환호성도 보내주세요! 자, 시작!"

행사 MC의 유도에 CV E&M 본사가 사람들의 환호성과 박수로 가득 찼다.

"약합니다! 약해요! 자! 더 크게!"

"와아아!"

환호성에 귀청이 떨어질 것만 같았다. 그때 경호원을 좌우로 대동한 채 송지유가 등장했다. 사람들의 시선이 송지유에게로 모아졌다. 송지유의 미모에 환호성으로 가득하던 사인회장이 순간 정적에 휩싸였다.

"예쁘다! 갓 지유!"

"얼굴 천재 송지유!"

"미모 실화냐?"

다시 엄청난 환호성이 터져 나왔다. 송지유가 생긋 웃으며 팬들을 향해 손을 흔들었다. 기자들도 플래시를 터뜨리기 시작했다.

자주색과 초록색 체크무늬가 인상적인 복고풍의 롱 원피스에 노란색 하이힐. 송지유는 영화 속 미주의 모습 그대로였다.

경호원들이 사인회 무대 곳곳으로 흩어졌다. 그리고 여자 경호원이 송지유를 무대 위로 이끌었다. 송지유에게 마이크가 주어졌다.

송지유는 팬들을 향해 다시 생긋 웃어주었다. 무대 아래에서는 현우와 신입 매니저 고석훈이 그런 송지유를 바라보고 있었다.

"정말 예쁘지?"

"네, 대표님. 정말 아름다우십니다."

현우는 뿌듯한 얼굴을 하고 있었다. 송지유는 현우를 비롯해 어울림 엔터테인먼트의 기둥이었다.

"우리 오랜만이죠?"

송지유의 맑은 음성에 사인회장이 다시 한 번 소란스러워졌다.

"근황을 이야기해 드릴까요?"

"네!"

팬들이 한마음, 한목소리로 소리쳤다. 송지유가 무대 위에 마련된 작은 의자에 앉았다. 그리고 흘러내리는 기다란 머리카락을 뒤로 넘겼다. 그 모습조차도 아름다워 남자 팬들은 멍한 얼굴이 되었다.

"정규 1집 활동을 마무리하고 조금 쉬고 영화도 찍었어요. 얼마 전에 촬영이 끝나서 할머니랑 동생이랑 제주도에 다녀왔어요."

"네! 셀카 올려주신 거 잘 봤습니다, 지유 님!"

덩치가 곰 같은 사내가 우렁찬 목소리로 소리쳤다. 얼굴천재지유 박 팀장이었다. 그의 주변으로는 팬카페에서 나름 네임드라 불리는 회원들이 다수 포진해 있었다.

"아니, 저 양반들은 오늘 회사 안 갔어?"

현우가 피식 웃었다.

"어? 얼굴천재지유 님 오셨네요? 말년병장지유 님이랑 파송 송지유 님도 오셨다. 세젤예지유 님은 오늘 가게 문 닫으셨어요?"

송지유가 팬카페 회원들을 일일이 언급했다. 송지유는 평소에도 팬들을 소중히 대하기로 유명했다. 팬카페 회원들이 감격스러워했다. 그리고 다른 팬들은 그런 팬카페 회원들을 부러워하는 시선으로 쳐다보고 있었다.

"오늘 팬 사인회 끝나면 여기 계신 분들도 팬카페 꼭 가입하세요! 우리 더 친하게 지내요. 알았죠?"

송지유가 살짝 눈웃음을 흘렸다. 팬들이 난리가 났다. TV에서 보는 송지유와 이렇게 직접 현장에서 보는 송지유는 그 차이가 매우 컸다. 현장을 찾아와 주는 팬들에게만큼은 얼음여왕이 아니라 꽃 지유 그 자체였다.

"조련 스킬이 이제는 거의 99레벨인데?"

"그러네요. 쟤 점점 무서워지는 것 같아요. 어제는 회사 근처 길고양이들이랑 대화도 하는 것 같던데요?"

현우가 감탄했다. 김은정도 혀를 내둘렀다.

"송지유 사진사 여러분도 오늘 저 예쁘게 찍어주세요."

송지유가 대포 카메라를 들고 사방에 포진해 있는 팬카페 사진사들에게 살랑살랑 손을 흔들어주었다. 송지유 사진사들이 흐뭇한 얼굴로 고개를 끄덕였다.

"지유 님, 노래 한 곡 해주세요!"

"맞다! 노래! 노래!"

팬들이 송지유에게 노래를 불러달라고 떼를 썼다.

"이럴 줄 알고 준비해 왔거든요?"

송지유가 배시시 웃었다.

"석훈아, 기타 주고 와."

"네, 대표님."

엘시의 전 로드 매니저인 고석훈이 기타를 들고 무대 위로 뛰어올랐다. 송지유가 전용 클래식 기타를 무릎 위로 받쳐 놓았다.

"가을이라서 들려 드리고 싶어요. 아~ 그러고 보니 가을도 이제 얼마 안 남았다. 얼굴천재지유 님, 올라와서 마이크 좀 잡아주시겠어요?"

"예? 예!"

박 팀장이 얼른 무대로 올라왔다. 그리고 행사 MC에게 마이크를 건네받아 클래식 기타 앞에 갖다 대었다.

송지유가 감정을 잡았다. 무반주에 클래식 기타 선율이 사인회장으로 울려 퍼졌다.

그사이 기타 연주 실력이 더욱 늘었다. 지금도 일주일에 한 번은 김동철에게 기타 레슨을 받고 있었다.

송지유의 청아한 음색이 사인회장으로 퍼져 나갔다. 팬들이 손을 흔들며 송지유의 노래에 빠져들었다.

노래가 끝나고 본격적으로 사인회가 시작되었다.

사인회는 화기애애한 분위기 속에서 진행되었다. 팬들은 정말 많은 것을 준비해 왔다. 직접 그린 송지유의 초상화부터 시작해 온갖 액세서리, 그리고 어떤 팬은 송지유가 쓸 화관까지 직접 제작해 왔다.

송지유는 분홍빛과 보라색으로 뒤섞인 화관을 머리에 쓰고 사인을 해주었다. 현우는 길게 늘어서 있는 줄을 살펴보고 있었다.

"석훈아, 몇 명 남은 거 같아?"

"대충 300명 정도 남은 것 같습니다."

"그래? 후우, 정말 많이도 오셨네."

선착순도 아니고 CV E&M에서 미리 공지하고 인원을 모았다. 무려 5,000명이 넘는 사람들이 사인회에 신청했고, 그중 추려서 이곳을 찾아온 사람만 500명이었다.

현우는 조용히 송지유를 쳐다보았다. 피곤할 법도 한데 송지유는 팬들과 직접 두 눈을 마주치고 손까지 잡아주었다. 그리고 셀카도 일일이 찍어줬다.

팬들에게 너무 스스럼없이 대해 오히려 경호원들이 위험하다며 걱정할 정도였다.

오전 10시에 시작된 팬 사인회는 오후 4시가 되어서야 끝이 났다. 첫 사인회인 만큼 송지유의 팬 사인회는 많은 화젯거리를 낳았다.

송지유의 팬카페 SONG ME YOU를 시작으로 수많은 사진과 짤이 퍼져 나갔다.

521697 송지유 팬 사인회 가면 팬이 되는 이유.GIF
헐, 미쳤다.

짤막한 글귀와 함께 송지유의 짤이 수없이 올라와 있었다. 송지유가 눈을 마주치며 어느 남자 고등학생의 이야기에 귀를 기울이고 있었다. 또 여성 팬들은 일일이 포옹까지 해주었다. 짤마다 팬들에게 미소와 진심을 아끼지 않고 있는 송지유의 모습에 많은 사람들이 열광하고 있었다.

―팬 서비스가 좋은 스타가 진짜지.
―아이컨택이 참 좋네요. 진심이 느껴진다.
―착하다, 착해.
―천사가 따로 없네. 얼음 여왕이 아니라 그냥 천사.
―예쁘고 착하고.
―뒤에 김현호우도 있네요. 경호원들이랑.
―송지유는 깔 게 없다; 사기 캐릭터;
―안티 없는 연예인 중에서는 독보적일 듯.

─빠져들겠네.

─부럽다.

─우리 형이 부럽다. 송지유 맨날 볼 거 아냐. ㅠ

"반응 진짜 좋네."

밴 조수석에서 현우는 핸드폰으로 커뮤니티 반응을 살펴보
고 있었다.

"아하하! 이거 뭐야?"

갑자기 뒷좌석에서 김은정이 깔깔 웃음을 터뜨렸다. 현우
가 슥 몸을 돌렸다.

"왜? 뭔데?"

"빨리 이거 봐요!"

김은정이 현우에게 핸드폰을 건네주었다.

356287 CV E&M 사인회 지유몬 고화질 짤.GIF

ㅋㅋㅋㅋㅋㅋㅋㅋㅋㅋㅋㅋㅋ 송지유 심성 고운 거 봐.

─송지유, 갑자기 포켓몬 행. ㅋㅋ

─이거 뭐야? ㅋㅋ

─꼬마야, 왜 갑자기 포켓몬 볼을 던져? ㅋㅋ

─송지유, 1초의 고민도 없이 포켓몬 행. ㅋㅋㅋㅋ

─지유몬. ㅋㅋ

엄마와 함께 송지유의 앞에 앉은 아홉 살 정도의 남자아이
가 송지유를 향해 포켓몬 볼을 던졌다. 그리고 송지유가 포켓
몬 볼 안으로 들어가려는 시늉을 하고 있었다. 상당히 진지하
게 애쓰고 있었다.

"하하! 언제 이랬어? 박창준 대표님이랑 전화하고 오는 사이
에 이런 거야?"

"몰라요."

송지유의 얼굴이 붉어져 있다.

"지유몬, 별명 좋네."

"그렇죠? 지유몬! 가자! 시사회장으로!"

김은정이 포켓몬 볼을 던지는 시늉을 했다.

"이씨, 놀리지들 말라고 했죠?"

송지유가 눈을 치켜떴다. 간만에 진짜 화가 난 것 같아 현
우는 본능적으로 몸을 사렸다.

"이씨라고? 나 김씨인데? 현우 오빠도 김씨잖아. 석훈 오빠
는 고씨! 고고!"

"김은정, 넌 안 되겠어."

송지유가 결국 김은정에게 헤드록을 걸었다.

"포켓몬이 트레이너를 폭행한다! 오빠! 빨리 포켓몬 볼 던져
요!"

"미안. 고생해라, 은정아."

현우가 서둘러 발을 뺐다.

*   *   *

CV 시네마 압구정 지점에서 '그와 그녀의 흔한 첫사랑'의 시사회가 열렸다. 송지유 영화라고 불릴 만큼 세간의 관심을 받고 있는 영화다웠다. 수많은 사람이 CV 시네마 압구정 지점을 가득 메우고 있었다.

"응. 어디야?"

─형님, 주차장에서 대기 중입니다!

"유희 준비는 다 했고?"

─예! 청담동 몽마르트 들렀다가 바로 오는 길입니다.

"오케이. 거의 다 왔으니까 기다려. 같이 올라가자."

고석훈이 운전하는 봉식이가 VIP 전용 주차장으로 들어섰다. 그리고 얼마 전에 새로 구입한 초록색 밴 봉희가 구석에 주차되어 있었다.

드르륵.

현우가 먼저 밴에서 내려 봉희에게로 다가갔다.

"오빠!"

때마침 문이 열리고 서유희가 현우를 반겼다. 현우는 서유희를 살펴보았다. A라인으로 퍼져 내려오는 복고풍 블랙 드레스 차림에 동양적인 이목구비와 잘 어울리는 메이크업, 그리고 새빨간 립까지.

서유희가 여배우 포스를 물씬 풍기고 있었다.

"마, 마음에 드세요?"

"원장 선생님이 잘 꾸며주셨네. 은정아, 더 손볼 것 없지?"

"네! 딱 좋네요!"

현우가 서유희의 손을 살짝 잡아주었다. 서유희가 드레스 자락을 움켜쥔 채 밴에서 내렸다. 현우는 고석훈, 김철용과 함께 송지유와 서유희를 데리고 주차장을 벗어났다.

CV 시네마 압구정 지점도 만반의 준비를 갖춰놓은 상태였다. 포토 존이 보이고 시사회장은 기자들과 팬들로 가득 들어차 있었다.

송지유와 서유희가 모습을 보이자 시사회장이 난리가 났다. 경호원들이 장내를 진정시키려 애썼다.

팬 사인회를 마치고 돌아오는 길이었지만 송지유는 프로였다. 피곤할 법도 한데 환하게 미소 지으며 손을 흔들어주었다. 그리고 송지유와 서유희가 포토 존으로 들어섰다. 팬들이 송지유와 서유희를 반갑게 맞아주었다.

"김현우 대표님! 포토 존에 한번 서주시죠!"

기자들의 요구에 현우도 포토 존으로 올라왔다.

"호우!"

몇몇 남자 팬들이 호우를 외치기 시작했다. 현우가 쓰게 웃었다.

"대표님! 주먹 한번 쥐어주실 수 있을까요?"

"우리 영화 빼고 다 나가 있어. 헤드라인 제목 이렇게 뽑으시려고 하는 거 아닙니까?"

현우의 농담에 기자들과 시사회장에 모인 팬들이 웃음을 터뜨렸다.

포토 존을 지나 상영관 안으로 들어섰다. 이미 많은 팬이 관객석을 차지하고 있었다. 무대에 배우들이 먼저 올라왔다. 박수와 환호가 쏟아졌다.

"성민아, 오늘은 제발 성질 좀 죽여라. 알았지?"

박창준 대표는 벌써부터 걱정이었다. 정장 차림을 한 김성민 감독이 픽 웃었다.

"형, 내가 성격 파탄자야? 관객들이랑 싸울 일이 뭐가 있어?"

"너니까."

"아무튼 올라가자고. 현우 대표님도 올라가시죠."

"저까지요?"

"같이 고생했는데 올라갑시다."

"저는 낄 자리가 아닌 것 같습니다, 감독님."

"뭐 편할 대로 해요, 현우 대표님."

김성민 감독이 현우를 뒤로한 채 박창준 대표와 무대로 올랐다. 관객들이 무대 아래에 있는 현우를 발견했다.

"김태식이다!"

"김현우 대표님! 잘생겼어요! 아이돌이다!"

"배우다, 배우!"

낯부끄러운 말들이 쏟아졌다.

그리고 김성민 감독에게 마이크가 주어졌다.

"김성민입니다. 딱히 할 말이 없어서 부끄럽습니다. 길게 말하지 않겠습니다. 최대한 90년대의 감성을 살리려 노력했고 배우들 또한 최대한 그 시절의 감성을 연기하려 노력했습니다. 아까운 시간은 되지 않을 겁니다. 감사합니다."

관객들이 박수를 쳤다. 송민혁과 진세영도 간단하게 소감을 밝혔다. 그리고 마이크가 서유희에게로 향했다.

관객들이 순간 조용해졌다.

'유희가 신인 배우라 이건가.'

현우는 씁쓸했다. 송민혁, 진세영과는 반응 자체가 달랐다. 하지만 서유희는 떨지 않았다. 두 손으로 마이크를 꼭 쥐었다.

"스물네 살 여배우 서유희입니다. 정서 역할을 연기하면서 많은 것을 배운 것 같아요. 영화를 찍으면서 함께 고생한 모든 분들에게 감사드립니다. 그리고 현우 대표님이랑 지유한테도 너무 고마워요. 아, 그리고 철용아, 고마워. 석훈 씨도 고마워요."

진심이 담긴 서유희의 소감에 박수가 쏟아졌다.

그리고 마지막으로 마이크가 송지유에게 주어졌다.

"와아아!"

역시 송지유였다. 반응이 엄청났다.

송지유가 생긋 웃으며 손을 흔들어 보였다. 사방에서 핸드폰 카메라 소리가 들려왔다.

"안녕하세요. 스무 살 신인 여배우 송지유입니다."

송지유가 서유희를 따라 말했다. 그리고 동그랗게 눈을 뜨고 있는 서유희의 손을 꼭 잡았다.

"첫 영화 도전이에요. 많이 힘들었지만 얻은 것도 많은 것 같아요. 영화를 보시고 많은 분들이 행복하셨으면 좋겠습니다."

뜨거운 박수가 쏟아졌다.

그리고 '그와 그녀의 흔한 첫사랑'이 처음으로 관객들에게 그 모습을 드러내기 시작했다. 현우도 송지유, 서유희와 함께 스크린으로 시선을 집중했다.

긴장되었다. 시사회에서의 반응이 어떤지에 따라서 영화의 흥행이 결정된다고 해도 과언이 아니었다. 그리고 오늘이 바로 그날이었다.

영화가 시작되었다. 감각적인 오프닝 장면이 흘러나오며 관객들을 몰입시켰다.

'역시 걱정하는 게 아니었어.'

괜히 긴장했나 싶었다. 스크린 속으로 1990년대의 세계가 고스란히 펼쳐졌다. 영화 속 등장인물 정훈과 미주, 지혜, 정서뿐만 아니라 작고 세세한 모든 것의 디테일이 살아 있었다.

'그와 그녀의 흔한 첫사랑'의 이야기는 노래 가사를 떠올리게 하는 음유적인 제목과는 달리 상당히 냉소적이었다.

고등학교 때 열병 같던 짝사랑을 앓고 난 뒤 김정훈은 고향 부산을 떠나 서울로 올라온다. 그리고 입학 첫날 미주를 보고 한눈에 반하게 된다.

애석하게도 우연이 반복되며 정훈을 가로막는다. 계속해서 미주와 엇갈리는 사이 정훈은 진세영이 연기한 지혜와 자꾸 엮이게 된다. 대학 오리엔테이션에서 결국 정훈은 술기운을 이기지 못하고 지혜와 사귀게 된다.

하지만 정훈의 마음은 여전히 미주에게 머물러 있었고, 지혜를 만나는 와중에도 미주를 잊지 못한다. 우연히 용산에서 미주를 만나게 된 정훈은 즐거운 한때를 보낸다. 친구라는 명

목으로 미주의 주변을 맴도는 정훈. 결국 지혜가 이를 알게 되고 둘은 헤어지게 된다. 미주 역시 정훈 때문에 학교 내에 좋지 못한 소문이 나버리고 정훈은 비겁하게 미주를 피해 버린다.

군 입대를 앞두고 외로움에 빠져 있던 정훈은 친구이자 자신을 짝사랑하는 정서와 결국 선을 넘어버리고 책임감 없이 군대로 도피한다. 정훈은 군대 생활 내내 지혜와 미주, 정서에게 죄책감을 갖게 된다. 그리고 다시는 여자를 만나지 않을 거라고 굳게 다짐한다. 시간은 흘러 전역을 한 정훈은 복학을 하게 되고, 첫날 다시 미주와 마주친다. 그리고 정훈과 미주가 서로를 바라보며 영화는 끝이 난다.

이렇듯 김성민 감독의 영화는 어리숙한 청년의 비겁하고 못난 철부지 사랑을 적나라하게 관객들에게 보여주고 있었다.

'반응이 좋은데?'

여자 관객들은 정훈의 소심하고 우유부단한 행동과 선택이 나올 때마다 진저리를 치기도 하고 또 안타까워하기도 했다. 반면 남자 관객들은 숨을 죽인 채 스크린에서 눈을 떼지 못하고 있었다.

그 눈동자들은 마치 어리숙하고 바보 같던 자신의 과거를 보고 있는 것 같았다.

캐릭터마다 관객들의 반응이 극명하게 갈렸다. 정훈이 실수를 하고 잘못된 선택을 할 때마다 탄식과 야유가 흘러나왔다. 미주가 등장하는 장면에서는 관객들이 한없이 빠져들었고, 지혜가 나오는 장면에서는 여자 관객들이 슬픔에 잠겼다. 특히 정훈을 짝사랑하는 정서가 나올 때는 여자 관객들이 눈물을 보이기까지 했다.

신랄하고 직설적이며 현실적인 스토리에 관객 중에서는 몸서리를 치는 사람들도 있었다.

120분이라는 러닝 타임이 쏜살같이 흘러갔다. 상영관에 하나둘 불이 켜졌다.

현우는 관객들의 반응을 살펴보았다. 다들 많은 생각에 잠긴 것 같은 표정이었다.

"여운이 진하게 남아 있는 것 같아요, 오빠."

서유희가 조용히 현우에게 속삭여 왔다.

"유희 네 말대로 진짜 여운이었으면 좋겠는데 말이야."

김성민 감독과 배우들이 다시 무대로 올랐다. 그리고 영화를 봐준 관객들을 향해 인사와 함께 고개를 숙여 보였다.

동시에 관객석에서 우레와 같은 박수가 쏟아졌다. 박수는 한동안 그칠 줄을 몰랐다.

그리고 이틀 후 송지유의 첫 주연 영화 '그와 그녀의 흔한 첫사랑'이 전국에서 일제히 개봉되었다.

71.6%. '그와 그녀의 흔한 첫사랑'의 첫 개봉일 예매율 수치이다. 그리고 첫 개봉일의 누적 관객 숫자는 무려 38만 7천명.

첫날에만 40만 명에 가까운 관객이 상영관을 찾은 것이다.

"됐다! 됐어! 됐다고!"

창성영화사 대표 박창준이 사무실을 뛰어다니며 환호했다. 현우와 김성민 감독은 그런 그를 보며 쓰게 웃고만 있었다.

"현우 대표님, 내가 뭐라고 그랬어요? 시사회 반응을 보면 대충 각이 나온다고 했죠? 그렇죠? 하하!"

압구정에서 시사회가 있던 그날, 관객들의 반응은 미묘했다. 박수가 쏟아지긴 했지만 일부 관객 중에서는 개운치 않다는 표정을 짓고 있는 사람들도 제법 있었다. 그럼에도 박창준 대표는 호언장담했다. 친절하지 않은 영화 스타일 자체가 관객들을 더 생각에 잠기게 만들 것이라고.

시사회에 참석한 관객들은 주요 커뮤니티나 자신의 블로그, 혹은 지인들을 통해 입소문을 냈다. 그리고 첫 개봉 날부터 영화는 대박 조짐을 보이고 있었다.

박창준 대표가 회한에 젖은 얼굴로 낡고 오래된 영화사 사무실을 슥 둘러보았다.

"성민아, 사무실 이사 어디로 할까? 우리도 플래시즈나 마이더스처럼 강남으로 가버릴까, 아니면 어울림 쪽으로 갈까? 현우 대표님, 어때요?"

"저희 회사 근처로 오시면 점심은 늘 사겠습니다."

"하하! 좋네, 좋아! 전화네요. 아이들 엄마입니다. 어, 여보. 그래. 인터넷 검색해 봤지? 지금 우리 영화 난리라니까! 하하! 그래그래. 애들 학원이랑 과외랑 하고 싶은 거 다 하게 해줄 테니까 이제 아무 걱정 마. 당신 옷도 좀 사자. 응. 지금 성민 이랑 현우 대표님이랑 있어. 지유 씨 사인? 그럼, 받아 갈게. 알았어."

잔뜩 신이 나 있는 박창준 대표를 보면서 현우는 그저 조용히 웃기만 했다.

"현우 대표님, 기분 좋지 않아요? 성민이 저놈이야 원래 무 뚝뚝한 놈이니까 그렇다 치고 어째 현우 대표님도 그렇게까지 좋아하는 거 같지는 않네요?"

"하하, 저도 좋죠. 그런데 저는 이번 영화 대박 칠 줄 알고 있었습니다."

"하, 역시 어울림 엔터테인먼트 대표님이라 이건가? 감이 남 달라요."

박창준 대표가 담담한 현우를 보며 감탄했다. 하지만 현우 는 이미 이번 영화가 잘될 거라는 것을 알고 있었다.

'얼마나 더 잘되느냐가 문제였지.'

다행히 첫날 관객 동원 숫자만 40만 명에 가까웠다. 과거로 돌아오기 전 김성민 감독의 이 영화는 500만 명이라는 멜로 영화 역사상 가장 높은 흥행 기록을 세웠다.

'500만은 무조건 넘을 거 같고, 800만? 900만?'

기대를 하지 않으려고 해도 기대를 할 수밖에 없는 상황이었다.

그렇게 첫 개봉 날이 지나가고 그 다음 날부터 '그와 그녀의 흔한 첫사랑'에 대한 호평이 줄을 잇기 시작했다.

657289 그그흔 또 보고 왔습니다. 두 번째네요.

첫날 여자 친구랑 같이 보고 오늘 혼자 한 번 더 보고 왔네요. 첫날에는 그냥 웃고 김정훈 욕하느라 정신없었는데 집에 와보니까 계속 생각이 나더군요. 군대 가기 전 만난 첫사랑도 생각나고. ㅎㅎ 그래서 한 번 더 봤습니다. 뭔가 옛날 생각이 많이 나네요. 저도 참 서툴렀거든요. 첫사랑한테 미안하네요. 지금 만나면 그때 그 이유로는 헤어지지 않을 것 같기도 하고, ㅎㅎ 지금 여자 친구한테 더 잘하려고요^^;

─저도 내일 회사 끝나고 한 번 더 볼 예정입니다.

─'첫사랑만큼 순수하고 추잡한 건 없다', 누가 남긴 한 줄 평이었는데 이거 보고 많이 울었네요. 으으, 전 김정훈보다 더했습니다. 군대까지 기다려 준 3년 만난 여자 친구를 두고 바람피워서 헤어졌거든요. 평생 두고두고 후회하고 있어요. ㅠㅠ

—두 번 보셨군요? 전 내일 세 번째 보려고 합니다. 정서 역할 맡은 서유희, 연기 정말 잘하더군요. 예전에 저 좋다고 하던 후배도 기억나게 하고. ㅎ 정서한테 푹 빠졌습니다. 남자들은 왜 자기 좋다고 하는 여자는 죽도록 싫은지 저도 남자이지만 참. ㅎㅎ

—저는 미주가 기억에 남네요. 고등학교 때 짝사랑하던 여자애가 딱 그런 스타일이었거든요. 4차원에 무슨 생각 하는지도 모르겠고, 고백했다가 차이긴 했지만. ㅋ 송지유가 연기를 잘한 거 같네요. 왜 갓 지유라고 하는지 알겠더군요.

—후속 편 나올 것 같지 않나요? 그그흔이 첫사랑 노트 후속 내용이라고 하던데요. 후속 나오면 미주랑 정훈이 이야기가 주를 이룰 것 같지 않나요?

—제 친구들도 그렇게 이야기하던데요. 후속 편 무조건 나온다고요. ㅋㅋ

—원래 그런 말이 있잖습니까. 어떤 남자의 첫사랑이었던 여자만큼 불행한 여자가 없다고 말입니다. 저도 지금은 결혼했지만 결혼 전에 만난 여자들한테 정말 무심했거든요. 마음고생도 많이 시키고. ㅎㅎ 그래서 지금의 아내를 만나 잘살고 있긴 하지만요. ㅎㅎ

—하긴 그렇긴 해요. 저도 마누라 만나기 전까지는 이기적이고 저밖에 몰랐습니다.

—마지막 엔딩에서의 표정이 잊히지가 않네요. 저도 몇 년 전

에 우연히 길에서 좋아하던 후배를 만났는데 참 그때 많은 생각이 들더군요. 반갑기도 하고 왜 적극적으로 해보지 못했을까 후회도 되고. ㅋㅋ;

남성 커뮤니티마다 자신들의 흑역사를 고백하고 인증하는 대란이 벌어질 정도였다.

여성 커뮤니티도 상황은 별반 다르지 않았다. 미주와 지혜, 정서 캐릭터와 자신들을 비교해 가며 열띤 대화가 오고 갔다.

현실적인 캐릭터와 신랄한 대사들에 대중들이 본인의 모습을 투영하는 현상이 벌어지고 있는 것이다.

이렇듯 친절하지 않은 김성민 감독의 영화적 스타일은 수많은 이야깃거리를 만들어내었고, 관객들의 발걸음을 다시 극장으로 이끌고 있었다.

그리고 불과 사흘 만에 영화는 누적 관객 100만을 돌파했다.

멜로 영화 역사상 최단 기간에 100만을 돌파한 것이다.

시사회를 거쳐 영화를 관람한 관객들의 입소문은 무섭게 퍼져 나갔고, CV 측에서는 600개이던 상영관을 643개까지 늘렸다.

그야말로 돌풍이었다.

＊　　　＊　　　＊

봉식이가 송지유와 서유희 두 여배우를 태우고 도로를 달리고 있다. 현우는 운전대를 잡고 있는 김철용 옆에서 핸드폰을 들여다보고 있었다.

[‘국민 소녀’에서 이제는 ‘CG 여배우’로 송지유의 성공적인 영화 데뷔!]

[송지유가 곧 미주다! 관객들 호평 줄이어!]

[노래면 노래, 연기면 연기. 송지유의 한계는?]

포털 사이트마다 온통 ‘그그혼’에 대한 기사가 쏟아져 나왔다. 그리고 어김없이 그 이슈의 중심에는 송지유가 존재했다.

작게나마 존재하던 송지유의 연기력에 대한 논란은 아예 흔적도 없이 사라지고 말았다. 오히려 송지유가 아니었으면 미주 캐릭터를 소화해 낼 수 없었을 것이라는 평까지 나왔다. 그리고 영화를 관람한 관객들을 중심으로 스크린 속 송지유를 보고 ‘CG’가 아니냐는 농담 섞인 말까지 나오고 있었다.

무엇보다도 현우를 기쁘게 한 것은 서유희였다. 현우는 슥 몸을 돌려 서유희를 살펴보았다. 송지유와 서로 머리를 맞대고 깊이 잠들어 있다.

'기특한 녀석들.'

현우의 입가로 절로 미소가 지어졌다.

"철용아, 형이 유희 기사 하나 읽어줄게."

"네, 형님."

"무명 여배우 서유희가 '그그흔'을 통해 충무로와 대중을 동시에 사로잡았다. 정서 역할을 연기한 서유희는 평범한 여대생에서 나락으로 떨어지는 한 여성을 훌륭하게 소화해 내며 미친 연기력이라는 극찬을 받고 있다. 충무로의 어느 유력 관계자는 여배우 기근 현상으로 골머리를 앓고 있는 충무로 영화판에 서유희라는 신인 여배우의 등장은 축복이나 마찬가지라며 칭찬을 아끼지 않았다. 어떠냐?"

"죽입니다, 형님. 우리 유희 누님도 이제 스타가 되는 겁니까?"

"아마도? 잠깐."

포털 사이트로 기사 하나가 막 올라왔다. 서유희에 대한 기사였다.

[주목받는 신인 여배우 서유희. 황인옥 작가의 MBS 새 주말 드라마 '신(新) 콩쥐팥쥐전' 캐스팅 확정!]

현우가 씩 웃었다. 새 식구들이 들어오면서 일 처리가 확실히 빨라져 있었다.

"선미 씨랑 혜은 씨가 일 잘하네."

"형님, 저는요?"

"철용이 너도 당연히 잘하지."

"흐흐, 사나이 김철용! 더 열심히 하겠습니다!"

상남자 김철용이 굳은 다짐을 해 보였다.

어느덧 봉식이가 CV E&M 본사 앞에 당도했다. 지하 주차장에 주차를 하고 현우는 송지유와 서유희를 깨웠다.

"일어나. 다 왔다."

송지유와 서유희가 부스스 잠에서 깨어났다.

"은정아."

"네!"

김은정이 급히 송지유와 서유희의 메이크업을 수정하고 헤어스타일을 매만졌다. 현우는 일행을 이끌고 CV E&M에서 주최한 축하 파티 장소로 향했다.

꼭대기 층에 자리를 잡고 있는 고급 뷔페의 입구에 '축! 500만 돌파!'라는 현수막이 휘황찬란하게 펼쳐져 있었다. 불과 3주 만에 500만을 돌파하는 대기록을 세운 것이다.

"우리 김현우 대표님 오셨습니까? 우리 지유 씨랑 유희 씨, 우리 자랑스러운 배우님들도 잘 오셨습니다. 하하!"

영화 사업부 기획팀장으로 이번 영화의 전반적인 것들을

지원한 정근식 팀장이 얼굴에서 광채를 뿜어낼 정도로 환하게 웃고 있었다.

"자자, 일단 안내를 해드려."

"예, 팀장님."

CV 측 행사 요원의 안내를 받아 현우 일행은 원형 테이블로 자리를 잡았다. 그때 뒤쪽에서 갑자기 소란이 일었다. 연회장에 모여 있던 모든 영화 관계자들이 테이블에서 일어났다.

김성민 감독이 박창준 대표와 함께 나타난 것이다.

"아이고! 아이고! 우리 감독님!"

정근식 기획팀장은 물론 영화 사업부 직원들이 전부 김성민 감독을 반겼다.

"오시는데 길은 막히지 않았습니까, 감독님?"

"아뇨, 괜찮았습니다. 다들 온 겁니까?"

"그럼요! 감독님을 기다리시게 하면 어떻게 합니까?"

CV E&M 전 직원이 김성민 감독을 신줏단지 모시듯 했다. 그 옆에서 박창준 대표는 더없이 뿌듯한 표정을 짓고 있었다.

'인생사가 다 그런 거지, 뭐. 별수 있나.'

현우는 속으로 쓴웃음을 삼켰다. 처음엔 시나리오를 퇴짜 맞고 하마터면 공중분해까지 될 뻔했다. 또 이번 영화를 찍기 위해 김성민 감독과 박창준 대표가 얼마나 많은 수모와 굴욕을 견뎌내야 했는지 모른다.

하지만 인생사가 그렇듯 모든 건 결과가 말해준다. 개봉 3주 만에 500만을 돌파한 '그그흔'은 어쩌면 멜로 영화 역사상, 아니, 대한민국 영화 역사상 겨우 열 작품도 되지 않는 '천만 영화'의 반열에 올라설 수도 있다는 전망을 낳고 있었다.

CV E&M 측에서 이런 반응이 나오는 게 당연했다. 현우는 정근식 기획팀장이나 영화 사업부 쪽 직원들을 이해했다.

신인 감독에 비주류 장르인 멜로, 그리고 주연배우도 송지유를 제외하곤 전부 신인, 혹은 무명배우로 이루어져 있었다. 어떻게 보면 정근식 기획팀장도 옷을 벗을 각오를 하고 이번 영화를 추진한 것이다.

'저 양반도 CV에서 입지 좀 올라가겠어.'

현우는 홀로 조용히 미소를 지었다.

김성민 감독과 박창준 대표가 자리하고 본격적으로 축하 파티가 벌어졌다. 흥이 오를 대로 오른 박창준 대표가 마이크를 쥐고 무대로 올라 축하 파티를 주도했다.

"성민아, 올라와. 소감 한번 멋있게 읊어봐."

"하아, 못 말리겠네."

툴툴거리며 김성민 감독이 무대로 올랐다. 스태프들을 시작으로 박수가 쏟아졌다. 김성민 감독이 박창준 대표로부터 마이크를 뺏어 들었다.

"우리 스태프들, 배우들, 그리고 여기 계신 모든 분들, 정말

고생이 많았습니다."

"뭐야? 끝이야?"

"음, 다음 영화도 우리 한번 잘해봅시다."

"하여간 재미없는 놈이라니까. 자, 그럼 다음 순서는… 그래, 유희 씨! 올라와 봐요!"

"저, 저요?"

얌전히 스테이크를 썰고 있던 서유희가 화들짝 놀랐다. 그리고 자동적으로 현우를 쳐다보았다.

"다녀와, 유희야."

"네? 네."

서유희가 무대로 올랐다. 박수가 쏟아졌다.

"자, 우리 유희 씨. 그간 신인에 무명이라고 마음고생 많았을 겁니다. 근데 이제는 충무로의 혜성이라는데, 뭐."

"아, 아니에요! 부끄러워요!"

서유희의 얼굴이 붉어졌다. 연기를 할 때가 아니면 조용하고 수줍은 성격의 그녀였다.

"그런데 연기만 하면 눈이 돌아가. 정서가 정훈이 앞에서 칼을 꺼내 들고 자살 시위 할 때 나 진짜 놀랐다니까! 진짜 자살하려는 줄 알고!"

박창준 대표가 혀를 내둘렀다. 그리고 이곳에 모인 모든 사람들이 고개를 끄덕였다.

그런데 오직 몇 명만이 똥 씹은 표정을 하고 있었다. 진세영과 함께 온 플래시즈 엔터의 손준식 실장이 대표적이었다.

"배가 아프겠지."

현우는 피식 웃었다. '그그혼'이 멜로 영화 역대 흥행 기록을 돌파하면서 김성민 감독은 충무로 판에서 혜성처럼 등장한 흥행 감독이 되어버렸다. 독립 영화판의 기대주이던 송민혁도 단숨에 주목받는 연기파 배우로 입지를 다졌다.

송지유도 본래 가요계에서는 적수가 없을 정도로 탑스타였지만, 이번 영화를 통해 연기력을 검증받고 그 주가가 더 치솟고 있었다.

그리고 서유희도 그야말로 빵 하고 떠버렸다. 순진하던 정서가 타락해 가는 과정을 신들린 듯이 연기해 내었고, 특유의 보호 본능을 자극하는 외모 덕분에 남자 팬들과 여자 팬들이 동시에 급증하고 있었다.

손준식 실장과 플래시즈 쪽 사람들이 찝찝한 표정을 숨기지 못할 만하다고 현우는 생각했다.

"유희 언니 다시 데려가려고 하지는 않겠죠?"

김은정이 물어왔다. 송지유가 고개를 저었다.

"우리 회사랑 계약했는데 어떻게 데려가, 바보야?"

"아, 그랬지? 헤헤."

서유희가 다시 자리로 돌아오고 이번에는 박창준 대표가

송지유를 무대 위로 올라오게 했다.

"우리 탑스타 지유 씨가 아니었으면 이번 영화 크랭크인도 못해보고 엎어졌을 겁니다. 다시 한 번 고마워요, 지유 씨."

박창준 대표가 진심을 담아 고마움을 표시했다. 김성민 감독도 고개를 끄덕이고 있었다. 송지유가 출연을 결정하지 않았다면 이번 영화는 몇 년 후에나 개봉했을 것이다.

"우리 탑스타 지유 씨, 한마디 해줘요."

송지유가 마이크를 들었다. 그리고 생긋 웃었다.

"오오!"

스태프들이 감탄사를 터뜨렸다. 송지유가 조용히 입을 열었다.

"영화에 도전하면서 처음에는 걱정을 많이 했어요. 감독님도 그렇고 영화 하시는 분들의 눈에 차지 못하면 어쩌나 하고요. 하지만 감독님도, 스태프분들도 옆에서 많이 도와주시고 정말 감사했습니다. 영화가 잘되어서 정말 기뻐요. 그리고 감독님이랑 스태프분들이 보상을 받는 것 같아 더 기쁘네요."

송지유가 꾸벅 고개를 숙여 보였다. 겸손한 소감에 박수가 쏟아졌다.

"현우 대표님도 올라오시죠?"

"저도요?"

현우가 피식 웃었다.

"형님, 올라가서야죠!"

김철용도 현우를 부추겼다. 결국 현우가 무대 위로 올라왔다. 여기저기서 '호우! 호우!' 소리가 들려왔다.

"자자, 우리 김현호우 대표님도 이번 영화에 엄청난 힘을 실어주셨습니다. 지유 씨 출연도 결정해 주시고 또 영화 촬영 내내 물심양면 지원을 아끼지 않았죠. 그리고 올 겨울 우리 스태프들, 춥지 않을 겁니다. 그거 오리털 파카 좋던데요? 털도 빵빵하고."

영화 촬영이 마무리되어 갈 때쯤 현우는 함께 고생한 스태프들에게 수십만 원 상당의 오리털 점퍼를 선물해 주었다. 영화 촬영은 끝이 났지만 올 겨울을 따뜻하게 보내라는 의미가 담겨 있었다.

"그럼 김현호우 대표님의 소감 한마디 들어보겠습니다!"

현우가 마이크를 쥐었다. 스태프들의 뜨거운 박수가 쏟아졌다. 다들 호우를 기대하고 있는 눈치였다. 현우가 조용히 입을 열었다.

"감독님처럼 저도 한마디만 하겠습니다. 감독님, 다음 작품은 저희 어울림에서 투자하겠습니다."

김성민 감독이 크게 웃고 있었다. 현우는 절대 농담으로 하는 말이 아니었다. 다음 작품이 어떤 작품이 될지는 모르겠지만 그가 흥행시킨 작품은 한두 작품이 아니었다.

　　　　*　　　　　*　　　　　*

"왜, 가기 싫어?"

현우가 송지유를 보며 물었다. 여행용 캐리어의 손잡이를 양손에 쥔 채로 송지유가 조금은 아쉬운 얼굴을 하고 있었다.

어느덧 늦가을도 끝나가고 있었다. 새벽 날씨가 제법 추워 현우는 송지유의 재킷 단추를 꼼꼼하게 여며주었다.

밴에서 내려 공항 안으로 들어가는 내내 송지유는 말이 없었다.

"지유야, 대답 안 할 거야?"

"같이 간다고 했잖아요. 거짓말쟁이."

결국 송지유가 토라져 버렸다. 현우가 머리를 긁적였다. 이번에 송지유와 함께 미국으로 떠나는 유선미와 고석훈도 난감해하고 있었다.

"어쩔 수가 없잖아. 요즘 회사 일이 워낙에 바빠."

정말이었다. i2i도 활동 마무리 단계에 접어들어 더욱 스케줄이 빡빡했고, 서유희도 주말극 촬영을 앞두고 있었다. 그리고 엘시가 머물고 있는 강원도 읍내에도 한 번 정도는 들러봐야 했다.

"오빠가 꼭 한국에 있어야 해요? 태명 오빠도 있고 승석 오빠, 영진 오빠도 있는데."

"그쪽에서 무조건 나를 보고 싶다고 했어. 일 마무리되는 대로 최대한 빨리 나도 미국으로 날아갈게. 그러니까……."

"알았어요."

송지유가 푹 한숨을 내쉬고 있었다.

"사무실에서 맥주 마시는 거 꼭 한 캔만 해요. 그리고 새벽에 여자가 부른다고 늦게 나가서 술 마시지 말아요."

"은정이랑 다연 씨, 그리고 유희도 안 되나?"

"그 셋은 허락해 줄게요. 근데 다른 여자들은 절대 안 돼요."

"왜 안 되는데?"

"또 스캔들 나면 어쩌려고요? 소속 연예인들이 받는 스트레스는 생각 안 해요, 대표님?"

정말 그럴듯한 말이었지만 억지였고 투정이었다. 현우는 그런 송지유가 귀여워 그저 피식 웃기만 했다.

"그래, 알았어. 그러니까 아무 걱정 말고 미국에 가 있어. 비행기 시간 늦겠다. 어서 가."

"할머니랑 유라 부탁할게요. 선혜랑 선호도 꼭 찾아가 봐야 해요?"

"그럼 당연하지. 그러니까 걱정 말고 비행기 안에서 푹 자."

"알았어요. 그럼 갈게요."

송지유가 손을 흔들며 현우의 시야에서 서서히 사라졌다.

"괜히 아쉽네."

왠지 모르게 허전한 느낌이 들어 현우는 한동안 그 자리를 떠나지 못했다.

3장

꿈은 사소함으로 I

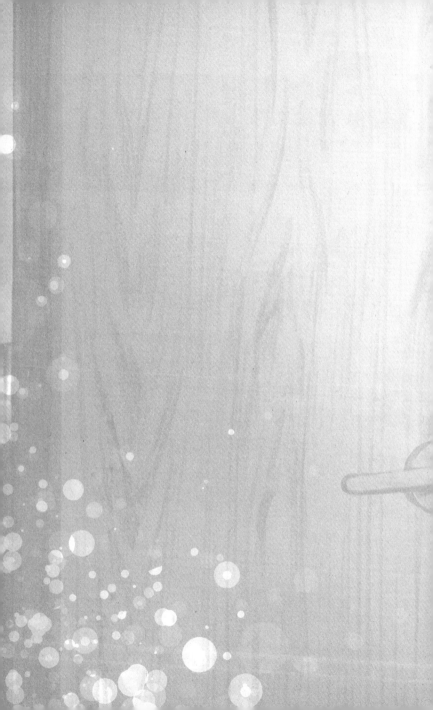

　오후 9시. 어느새 땅거미가 내려앉은 골목을 가로등이 환하게 비추고 있다. 유난히 길게 느껴지던 가을이 서서히 지나가고 있었다. 이제는 밤이 되면 바람도 쌀쌀했다.

　현우는 하얀색 운동화에 청바지, 검은색 스웨터 차림이었다. 밝은 갈색 코트도 걸치고 있었는데 제법 따뜻했다. 송지유가 얼마 전 김은정과 쇼핑했을 때 사온 옷들이다.

　'사이즈도 딱 맞고 편하네. 근데 내 신발 사이즈는 어떻게 알았지?'

　문득 의문이 일었다. 그러다 현우의 시선이 전원주택 입구로 향했다. 철문이 열리며 자그마한 그림자가 드리워졌다.

"대표님!"

자그마한 체구의 소녀가 쪼르르 현우의 앞으로 달려오다 휘청거렸다. 예상했다는 듯 현우가 소녀의 팔을 낚아챘다.

"솔아, 괜찮아?"

현우는 애써 웃음을 참았다. 무대에서는 그렇게 춤을 잘 추는 아이가 이런 식으로 매번 잘 넘어졌다.

"네, 괜찮아요! 멀쩡해요!"

또 그사이 많이 씩씩해졌다.

"근데 너 앞은 보이는 거지?"

"네?"

"배하나 아니면 이지수 둘 중에 한 명인데."

하얀색 목도리가 얼굴에 둘둘 둘러져 눈까지 가리고 있었다. 현우가 목도리를 풀고 다시 조심조심 목으로 둘러주었다.

"솔이, 추위 많이 타는구나? 아직 목도리까지 할 날씨는 아닌데."

"하나랑 지수 언니가 목도리 하고 가라고 했어요. 저 사실 안 추워요."

"그렇지? 그런데 목도리는 왜 했어?"

"언니들이 목도리 하는 게 귀엽대요."

"하아, 이 녀석들이 솔이를 지네 인형으로 아나. 내가 들어가서 혼 좀 내줄까?"

"아니에요. 언니들이 재밌어하는 거 보는 것도 재밌어요."

"역시 우리 솔이는 착하다, 착해."

"헤헤."

이솔이 해맑게 웃었다. 많이 활발해졌고 이솔 특유의 상냥함도 여전했다.

"가자. 수정이랑 지연이가 기다릴 거야."

"네!"

현우가 SUV의 문을 열어주었다.

"문 열어주셔서 감사합니다."

"감사는. 얼른 타자. 늦겠어."

부르릉!

시동이 걸리고 하얀색 SUV가 상암동으로 향했다.

"솔이, 피곤하지 않아?"

현우가 슬쩍 이솔을 보며 물었다.

목도리를 두 손에 꼭 쥔 채로 이솔이 어느새 새근새근 잠들어 있었다.

'녀석, 많이 피곤했나 보네.'

11주 연속 1위.

9주 연속 1위를 기록한 걸즈파워의 기록을 넘어 i2i가 아이돌 그룹 역사상 새로운 기록을 세웠다. 공중파 3사와 케이블 방송의 예능 프로그램들을 순회하며 시청률을 경신하는 등 매번 큰 화제를 낳았다.

이솔이 i2i의 센터로서 무대를 캐리하고 있었다면, 이지수와 배하나 듀오는 예능을 휩쓸어 버렸다. '보조개 자매'라 불리는 김수정과 유지연 듀오도 오늘부터 유명 프로그램에 공동으로 출연이 예정되어 있었다.

SUV가 상암동 MBS 사옥 안으로 들어섰다.

"현우 형님!"

최영진이 현우를 기다리고 있었다. 차에서 내린 현우가 최영진에게 물었다.

"갑자기 게스트 펑크가 무슨 말이야?"

"그게… 지방 행사 하고 올라오다가 가벼운 접촉 사고가 있었대요. 그래서 병원에 다들 입원한 거죠, 형님."

"그래?"

현우는 살짝 놀랐다. 오늘 게스트는 본래 이솔이 아니었다. 6년차 유명 보이 그룹 '블랙 코어'의 멤버들이 원래 오늘 녹화의 게스트였다.

그런데 녹화 시간을 조금 남기고 최영진으로부터 급히 연락이 왔다. 그래서 현우는 부랴부랴 게스트로 이솔을 데리고 상암동 사옥을 찾아온 것이다.

"수정이랑 지연이 첫 녹화 날인데 하마터면 큰일 날 뻔했어. 그쪽 멤버들은 어떻대?"

"가벼운 타박상 정도랍니다."

"다행이네."

기획사 대표로서 현우는 교통사고가 큰 사고로 번지지 않은 것을 안도했다. 최영진이 현우의 주변을 둘러보았다.

"형님, 솔이는요?"

"차에서 자고 있어. 시간 여유 있지?"

"네. 서둘러 주셔서 30분 정도 시간 있습니다."

"그간 많이 피곤했던 모양이야. 조금만 자게 두고 애들 보러 가자."

"네, 형님."

"그리고 커피 좀 사가자."

"예, 형님."

현우는 최영진을 따라 걸음을 옮겼다. 사옥 내 카페에서 커피를 사서 현우는 김수정과 유지연이 있는 곳으로 향했다.

끼익.

문을 열고 현우가 녹음실 안으로 들어섰다.

"김현우 대표님?"

"어? 안녕하세요? 대표님이 직접 오셨어요?"

제작진이 현우를 보고 어리둥절한 얼굴을 했다. 설마하니 게스트를 긴급 수혈 하러 현우가 직접 등장할 줄은 생각하지 못한 것이다.

"어울림 엔터테인먼트 대표 김현우입니다. 반갑습니다."

"아, 네! 대표님!"

현우는 제작진과 악수를 하고 통성명을 했다. 그리고 고개를 돌렸다. 자그마한 스튜디오 안에 김수정과 유지연이 앉아 골똘히 대본을 보고 있었다.

똑똑.

현우가 유리창을 두드렸다. 헤드폰을 끼고 있던 두 멤버가 환하게 웃으며 현우에게 손을 흔들었다.

"잠깐 들어가 봐도 되겠습니까?"

"물론이죠! 수정이랑 지연이가 힘이 날 거예요, 대표님!"

여자 작가들이 현우에게 굉장히 호의적으로 대답했다. 현우가 스튜디오 방음문을 열고 안으로 들어갔다.

"어때? 할 만해?"

"떨려요, 대표님."

김수정이 양어깨를 부여잡으며 덜덜 떨었다.

"지연이는?"

"재밌어요."

"리틀 송지유답다."

현우는 유지연의 강심장에 혀를 내둘렀다.

"너희들이 자랑스럽다. 별밤지기가 얼마나 대단한지 너희들 알고 있어?"

"저 알아요. 40년도 더 된 프로그램이잖아요. 작가 언니들한테 들었는데 청취자분 중에 50대도 엄청 많대요. 그래서 부담도 되고. 으으."

김수정을 보며 현우가 피식 웃었다.

김수정과 유지연이 DJ를 맡은 프로그램의 명칭은 40년이 넘는 세월을 자랑하는 라디오 프로그램 '별이 빛나는 밤에'였다. 속칭 별밤이라는 부르는 이 라디오 프로그램은 아날로그 시절 사춘기를 보낸 사람들에게는 절대로 잊을 수 없는 그런 존재였다. 하지만 TV와 인터넷이 각광받고 있는 요즘에 들어서는 골수팬들과 함께 그 명성만이 남아 명맥을 이어오고 있는 실정이었다.

이렇게 꺼져가는 별밤의 명맥을 부흥시키기 위해 제작진은 최연소 별밤지기를 선정하는 초강수를 두었다. 김수정과 유지연은 열여덟 살로 올해 고등학교 2학년이었다. 사춘기를 지나고 있는 두 멤버를 통해 또래의 청소년들을 새로운 별밤 가족으로 이끌겠다는 것이 제작진의 의도였다.

현우 역시 그 의도가 먹혀들지 제법 궁금했다.

"대표님, 게스트로 누구 데리고 오셨어요?"

김수정이 물었다.

"솔."

"아자!"

김수정이 환호했다.

"왜 그렇게 좋아해?"

대본을 보고 있던 유지연이 고개를 돌려 물었다.

"이지수나 배하나 왔으면 방송 사고 났을걸."

"하긴 그 비글들보다는 솔이가 낫지."

"대본들 읽고 있어. 솔이 데리고 올 테니까."

현우는 스튜디오 밖에서 두 아이가 별밤지기로서 데뷔하는 모습을 지켜보고 있었다. 별밤을 상징하는 특유의 시그널 송이 흘러나왔다.

아이들이 심호흡을 했다. 덜덜 떨더니 김수정이 능숙하게 첫 멘트를 쳤다. 유지연은 담담하게 인사를 했다.

별밤지기로서 첫 데뷔한 아이들을 위해 보이는 라디오로 프로가 진행되고 있었다. 그리고 그 영향인지 엄청난 숫자의 청취자들이 몰려들기 시작했다.

제작진은 자신들의 의도가 적중했다며 연신 싱글벙글했다. 질문 게시판에도 끝도 없이 질문이 올라오고 있었다.

"정말 많은 청취자분들이 질문을 보내주고 계시네요. 정말 감사합니다. 그럼 제가 첫 질문을 골라볼게요. 지연 언니, 남자 친구랑 또 싸웠어요. 매일매일 싸워요. 그래서 너무 속상해요, 라고 질문을 보내주셨어요. 성함은 사생활 존중을 위해 저만 알고 있을게요. 지연 씨, 이럴 때는 어떻게 해야 할까요?"

김수정이 유지연에게 물었다.

"헤어지세요."

유지연이 태연한 표정으로 말했다.

"지연 씨, 대뜸 헤어지라고 하면 너무 냉정한 거 아니에요? 현실적인 조언 부탁드립니다."

김수정이 또 물어왔다.

"헤어지세요. 연애라는 거, 서로 행복해지려고 하는 거잖아요. 서로 매일매일 싸워가면서 불행한 시간을 보내느니 헤어지는 게 낫다고 봐요. 두 사람 다 불행하잖아요?"

채팅창으로 '아이스 찰떡'이라는 유지연의 별명이 도배되고 있었다.

"지연 씨한테 질문 또 드릴게요. 지연 씨, 저는 요즘 다이어트 중입니다. 근데 요즘 자꾸 야식을 시켜 먹게 되는 것 같아요. 따끔한 충고 하나 해주세요, 라고 올려주셨네요."

"그 몸무게에 음식이 목구멍으로 넘어가세요?"

채팅창이 'ㅋㅋㅋ'로 도배되었다.

"제가 배하나한테 매일매일 하는 말이거든요. 다이어트 꼭 성공하시길 바랄게요."

"또 지연 씨한테 질문 왔어요. 언니, 친한 친구 중에 매일 저한테 셀카 보내서 예쁘냐고 물어보는 친구가 있는데요, 오늘도 셀카를 보내와서 제가 예쁘다! 진짜 예쁘다! 이랬는데 저한테 왜 생각도 없이 대충 대답하느냐고 그래요. 뭐라고 대답해야 할까요? 친구한테 복수하고 싶어요."

"그럼 이렇게 대답하세요. 너도 생각 없이 대충 물어봤잖아."

밖에서 보고 있던 작가들이 박장대소했다. 채팅창도 난리가 났다. 연이어 유지연에게 질문이 쏟아졌고, 채팅창 화력이 더욱 끓어오르고 있었다. 작가들이 눈동자를 빛냈다.

"이러다 새 코너 하나 만들겠는데?"

"그러게요, 형님. 지연이가 명판사인데요?"

시작이 좋았다. 청취자들도 즐거워하고 있었다. 단짝인 김수정과 유지연의 케미가 폭발하자 청취자들이 점점 더 몰려들었다.

곡이 나가는 사이 김수정과 유지연이 헤드폰을 벗고 현우를 쳐다보았다. 김수정이 입 모양으로 어땠냐며 물었다.

현우가 손으로 오케이 모양을 만들어 보였다. 그리고 서서히 이솔이 게스트로 투입될 시간이 다가왔다.

"솔아, 떨지 않고 할 수 있지?"

"네! 저 라디오 꼭 해보고 싶었어요!"

이솔이 주먹을 굳게 쥐며 파이팅을 외쳤다.

그리고 스튜디오 안으로 들어갔다. 이솔이 게스트로 등장하자 청취자들이 환호성을 질렀다.

"아~ 너무하다. 우리보다 솔이가 좋은 거죠? 지연 씨, 우리 퇴근할래요?"

"퇴근해요, 우리."

"아, 안 돼요! 언니들이 저 때문에 삐친 것 같아요. 저 어떻게 해요? 힝!"

이솔이 울상을 해 보였다. 채팅창으로 귀엽다며 반응이 폭발적이었다. 세 아이는 능숙하게 라디오를 이끌어갔다.

"여러분, 우리 솔이가 센터인 건 다들 아시지만 저희 i2i 퍼스트 보컬인 건 많이들 모르시죠?"

김수정의 말에 채팅창이 기대감으로 물들었다.

작가 한 명이 이솔에게 기타를 갖다주었다. 이솔이 기타를 세팅했다.

"솔이 씨, 자작곡 들려주실 건가요?"

"네!"

"그럼 우리 솔이 씨 자작곡 듣고 가겠습니다."

김수정과 이솔이 연달아 말했다. 이솔 앞으로 마이크가 세팅되었다.

"제목은 '할 거야'입니다. 예쁘게 들어주세요!"

기타 선율이 울려 퍼졌다. 송지유도 기타를 잘 쳤지만 이슬도 수준급이었다. 기타 선율에 김수정과 유지연이 고개를 흔들흔들하며 리듬을 탔다.

상당히 밝고 빠른 리듬감의 전주가 울려 퍼졌다.

나는 조그맣고 수줍은 그런 소녀야
아직은 작지만 나도 이제는 클 거야
하고 싶은 말 그때 다 할 거야
늦은 밤에 전화도 할 거야
매운 음식 사달라고 할 거야
매운 떡볶이를 먹자고 할 거야
가지고 싶은 거 사달라고 할 거야
먹고 싶은 것도 사달라고 할 거야
아직은 작지만 나도 이제는 클 거야
약속할게, 약속할 거야

청아하고 허스키한 이슬 특유의 음색이 현우뿐만 아니라 제작진의 귓가를 간지럽혔다. 자작곡이라 아마추어적인 느낌이 강했지만 곡 자체가 좋았다. 작가들은 반복되는 가사를 흥얼흥얼거렸다.

채팅창의 반응도 폭발적이었다. 설마하니 아이돌인 이슬에게 이런 인디적인 감성이 있으리라곤 팬들도 예상하지 못한 것이다.

하지만 현우와 어울림 식구들은 이솔의 음악적 재능을 익히 알고 있었다.

'어쨌든 지유나 솔이나 황금빛을 발하던 아이들이니까.'

2분이 조금 안 되는 노래가 끝이 났다. 채팅창으로 한 번만 더 불러달라는 글이 쇄도했다. 채팅이 너무 많아 진행이 어려울 정도였다.

이솔이 배시시 웃었다.

"어, 그럼 제가 저희 어울림 WE TUBE 채널에 영상 올려놓을게요! 그렇게 하면 안 될까요?"

이솔이 청취자들을 달랬다. 그러자 채팅창이 하트로 도배되기 시작했다.

김수정과 유지연의 별밤지기 데뷔는 성공적이었다. 아니, 대박을 쳤다. 벌써부터 제작진은 청취율을 기대하고 있을 정도였다. 김수정과 유지연이 아직 미성년자였기에 회식은 따로 일정을 잡기로 했다.

어울림 엔터테인먼트의 첫 번째 이동 수단이던 봉고차 봉봉이가 오랜만에 현역으로 복귀해서 어둠을 뚫고 새벽 도로를 달리고 있다.

"영진아, 수정이랑 지연이 타고 다닐 밴 하나 새로 뽑아야겠다. 라디오 녹화하는데 그 큰 녀석을 끌고 다닐 수는 없잖아."

i2i 멤버 전원의 스케줄도 아니고 멤버들의 개인 스케줄마다 그 큰 스프린터를 끌고 다닐 수는 없었다.

"괜찮을까요? 그럼 회사에 밴만 넉 대가 되는데요?"

"영진아, 형이 말했지. 소속 연예인과 관련된 투자는 아끼지 말아야 한다고."

"그러셨죠. 제가 또 깜빡했네요. 영세 기획사 출신이라 아직도 이 모양이네요. 돈 들어간다고 생각되면 괜히 쫄려요, 형님."

최영진이 후후 웃었다. 현우가 조용히 웃으며 최영진의 어깨를 다독였다.

"수정이랑 지연이 수고했다. 너희들, 호흡 좋던데? 괜히 걱정한 거 같아."

"아니에요. 대표님이 지켜보고 계시니까 정신 팍 차리고 잘한 거 같아요."

"저도 수정이 말에 동의해요."

"그래? 솔이는 어땠어?"

인형 쿠션을 끌어안고 있던 이솔이 백미러 속 현우와 눈을 맞췄다.

"재밌었어요. 저도 한국말 완전히 배우면 라디오 해보고 싶어요."

"그래, 얼마든지 하게 해줄게. 그런데 아까 자작곡 너무 좋더라."

이솔이 얼굴을 붉힌 채 헤헤 웃었다.

"승석이한테 편곡 좀 부탁하고 다듬으면 바로 앨범 내도 될 정도던데?"

"감사합니다."

"자작곡 몇 개 정도 있어?"

"대표님, 솔이 자작곡 스무 곡도 넘어요."

김수정이 이솔의 머리를 쓰다듬으며 자랑스러운 얼굴로 말했다.

"스무 개나?"

"오!"

현우와 최영진이 동시에 놀랐다. 현우의 머리가 빠르게 돌아갔다. 이솔을 아이돌로 데뷔시키긴 했지만 과거로 돌아오기 전에는 일본에서 싱어송라이터로 이름을 떨치던 아이였다.

"솔아, 나중에 기회 되면 솔로 앨범 내볼까?"

"네? 정말이세요?"

이솔이 깜짝 놀랐다. 김수정과 유지연도 마찬가지였다.

"정말이야. 언제가 될지는 모르지만 여건 되면 앨범 내자."

"감사합니다! 열심히 할게요, 대표님!"

이솔이 뒷좌석에서 꾸벅 고개를 숙여 보였다.

"수정이랑 지연이도 내줄 거니까 라디오 열심히 하고."

"네!"

김수정과 유지연도 현우에게 고마움을 표시했다.

＊　　　　＊　　　　＊

다음 날, 현우는 어울림 엔터테인먼트 공식 WE TUBE 채널을 통해 i2i의 활동 종료를 선언했다. 멤버들이 영상으로나마 팬들에게 감사하다는 코멘트를 남겼다.

영상 밑으로 댓글이 수도 없이 달렸다. '국민 아이돌'이라는 칭호가 무색하지 않을 정도였다.

현우는 숙소에서 아이들을 모아놓고 이야기하고 있었다.

"다들 바쁘게 활동하느라 고생했어. 오늘부터 일주일 간 휴가인 거 알고 있지?"

"네!"

휴가라는 말에 멤버들의 얼굴에 생기가 돌았다. 현우가 피식 웃었다.

"잘 쉬고 오고, 시시랑 하잉은 특별히 이틀 정도 더 주겠어."

"감사합니다."

"대표님, 고마워. 착하네."

한국어가 서툰 하잉은 거의 반말을 사용했기에 현우도 이미 익숙한 상태였다.

"지금 이런 말 하기는 뭐하지만 휴가 다녀오면 전보다 더 열심히 연습해야 할 거야. 릴리 선생님이 너희들 각오 단단히 하라고 전해달래."

"아~"

멤버들이 앓는 소리를 냈다. 당연했다. 휴가를 마치고 돌아오면 i2i의 두 번째 프로젝트가 시작된다.

바로 일본 진출. 한류가 저물어가고 있는 상황에서 이미 일본에 뷰티를 진출시킨 파인애플 뮤직은 전망을 어둡게 보고 있었다. 하지만 현우는 자신이 있었다.

'쿠로 씨의 도움이 가장 컸지만 우리도 물밑 작업은 충분히 해놓았다고.'

후지 TV에 프아돌이 방송되었고, 공식 WE TUBE 채널을 통해 일본 팬들과도 꾸준히 소통하고 있었다.

"그럼 대표님은 솔이랑 오늘 일본으로 가시는 거예요?"

김수정이 물어왔다.

"그렇지. 후지 TV 쪽 관계자들을 만나서 너희들 일본 데뷔에 대해서 의논할 거야. 어쩌면 더 높은 사람들을 볼 수도 있어. 그리고 간 김에 솔이 부모님도 뵙고."

현우는 옆에 꼭 붙어 있는 이솔을 보며 말했다. 이솔은 한 껏 들떠 있었다.

"대표님, 다음에는 저랑 전주 갈 거죠? 전주 맛있는 거 짱 많은데."

"그래. 언제 하나랑 같이 전주 가야겠네."

"현우, 나랑 베트남도 가자."

하잉이 말했다. 현우가 고개를 끄덕거렸다.

"귀여운 자식."

"뭐?"

현우는 순간 귀를 의심했다.

"하잉, 그런 말 어디서 배웠어?"

"저 두 명이 솔이랑 유지, 귀여운 자식이라고 해. 그리고 현 우도 귀여운 자식이라고 하라고 했어. 나쁜 말이야?"

하잉이 손가락으로 이지수와 배하나를 가리켰다.

"튀어!"

"가, 같이 가!"

그리고 그 순간 이지수와 배하나가 2층으로 도망갔다.

"제가 잡아올게요."

유지연이 여유롭게 2층으로 걸어 올라갔다. 잠시 후 유지연 이 이지수와 배하나를 잡아왔다. 두 아이는 다른 멤버들에게 넘겨져 결국 두 손을 높이 들고 벌을 받아야 했다.

현우가 서로 장난을 치는 아이들을 보며 흐뭇한 얼굴을 했다. 조금 더 당부를 전하고 현우는 소파에서 일어났다.

"그럼 잘들 쉬고, 솔이는 바로 나랑 공항으로 가면 되겠다."

"네, 가요."

들떠 있던 이솔이 배시시 웃었다.

그리고 그날 저녁 현우는 이솔과 함께 일본행 비행기에 몸을 실었다.

*　　　*　　　*

"생각보다 훨씬 큰데?"

후지 TV 본사 건물을 올려다보며 현우는 감탄을 금치 못했다. 도쿄의 주요 관광 지역인 오다이바에서도 명물로 꼽히는 후지 TV의 본사는 마치 SF 영화에 나오는 미래 건물을 보는 것 같았다. 철골 구조에 군데군데 유리창으로 이루어져 있어 안이 훤히 들여다보였다.

"우리 어울림도 나중에 이 정도는 되어야 하는데 말이야."

"그렇게 되면 회사 규모가 엄청나겠는데요, 형님?"

"뭐 희망 사항이지. 그래도 한 20년 지나면 이렇게 되어 있지 않을까?"

"당연이 그렇게 되어야죠!"

박수호가 옆에서 현우를 거들었다. 후지 TV 본사를 쳐다보고 있던 현우는 문득 사람들의 시선을 느꼈다.

　　방송국 구경을 온 일본 중고등학생들이 자꾸 이쪽을 흘깃흘깃 쳐다보고 있었다. 아무래도 일본 지방에서 단체로 방송국 견학을 온 것 같았다. 현우의 입꼬리 한쪽이 슥 올라갔다.

　　"솔아, 아무래도 너를 알아보는 것 같은데?"

　　"네? 저를요?"

　　현우 옆에 꼭 붙어 있던 이솔이 눈을 동그랗게 뜨고 주변을 둘러보았다. 그러다 또래 여고생 무리와 눈이 마주쳤다. 기다렸다는 듯이 여고생 무리가 이솔에게로 몰려들었다. 긴가민가하고 있던 다른 중고등학생들도 하나둘 몰려왔다.

　　"i2i 이솔 맞죠?"

　　"그렇죠? 이솔인가요?"

　　"꼭 그렇다고 말해주세요!"

　　여고생들이 일본어로 질문해 왔다. 박수호가 현우 옆에서 귓속말로 통역을 해주었다.

　　잠시 당황하던 이솔이 방긋 웃으며 고개를 끄덕였다.

　　"네, 이솔입니다. 안녕하세요. 혹시 저희 i2i 팬이신가요?"

　　"네! 이솔 씨 팬이에요! 얘들아! 맞대! 거봐! 내가 이솔 씨라고 했잖아!"

　　"엄청 귀여워요! 내 스타일이야!"

"정말 귀여우세요!"

곳곳에서 귀엽다, 예쁘다 하는 탄성이 터져 나왔다. 즉석에서 이솔이 사인을 해주었다. 방송국 입구로 줄이 길게 늘어섰다.

"형님, 제가 그랬죠? i2i가 일본에서 중, 고등학교 여학생들 중심으로 인지도가 제법 있는 편이라고요."

"수호, 네 말이 맞았구나."

현우는 진지한 얼굴로 일본 팬들에게 사인을 해주고 있는 이솔을 보았다. 현우는 나름대로 지금 일본 가요계의 상황을 이해하고 있었다.

지금 일본은 중, 고등학교를 다니는 여학생들이 좋아할 만한 여성 아이돌 그룹이 전무한 상황이었다. 여러 일본 기획사에서는 주로 해비한 소비층인 오타쿠들을 노리고 있는 실정이었다.

뷰티나 걸즈파워가 일본 젊은 여성층을 중심으로 팬덤이 두터운 이유가 여기에 있었다.

하지만 뷰티나 걸즈파워도 평균 연령이 20대 초중반이었다. 반면 i2i 멤버들은 유은과 양시시 같은 멤버들을 제외하곤 평균 연령이 18세에 가까웠다.

"대표님, 사인해 주세요."

여고생 한 명이 현우에게 다이어리를 내밀었다. 간단한 일본어라 현우는 금방 여고생을 말을 이해했다. 현우가 씩 웃었다.

"내가 누군지 알아요, 학생?"

박수호가 얼른 통역을 했다.

"알아요! 어울림 WE TUBE 채널에서 봤어요! 멋있어요! 사인해 주세요! 커피 광고도 엄청 웃겼어요!"

커피 광고라는 말에 현우는 뜨끔했다. 아직도 주변 사람들은 캔 커피 광고를 가지고 현우를 놀리고 있었다.

"오케이. 사인해 줄게요."

평소 사인을 해오던 서류 대신 현우는 다이어리에 사인을 해주었다. 현우 쪽으로도 몇몇 여고생이 더 다가왔다.

그렇게 사인을 해주고 학생들을 돌려보내는 사이 토모다 케이다 피디와 후지 TV 관계자들이 현우 일행을 마중 나왔다.

"오랜만입니다, 김현우 대표님."

토모다 케이다 피디가 현우에게 손을 내밀었다. 한류 트레이닝 센터에서 처음 봤을 때와 마찬가지로 역시 후줄근한 옷차림에 머리도 덥수룩했다.

그의 옆에는 오키나와에서 본 마에츠 요코 피디도 있었다.

"여긴 어쩐 일이에요?"

"지난달에 도쿄로 발령받았어요, 대표님."

"축하합니다."

"감사합니다."

마에츠 요코가 밝게 웃었다.

현우 일행은 두 피디를 따라 후지 TV 본사로 들어섰다.

＊　　　　＊　　　　＊

"구체적인 일본 진출 계획은 세우신 겁니까?"

예능본부 회의실에서 토모다 케이다 피디가 현우에게 물어왔다. 현우는 고개를 저었다. 후지 TV에서 푸쉬를 해주고 있었지만 딱 그것뿐이었다.

일본 진출을 위해서는 일본 현지 매니지먼트사와 계약을 맺어야 했다. S&H의 걸즈파워나 파인애플 뮤직의 뷰티도 일본 소속사를 통해 일본에서 순조로운 활동을 할 수 있었다.

오승석은 자체적으로 일본 진출을 해보자고 현우에게 건의해 왔지만 현우는 아직까지는 무리라고 판단 내렸다. 일본 연예계는 한국 연예계보다 훨씬 그 몸집이 컸다. 그리고 무엇보다 기존 연예 기획사들의 텃세가 유난하기로 유명했다.

미국에 본사를 두고 있는 유니버설 뮤직도 일본에서는 고작 업계 다섯 손가락 안에 간신히 들고 있는 실정이었다.

'아직 독자적으로 일본 시장을 공략하기에는 너무 일러.'

실제로 한국 중대형 연예 기획사 중에도 일본 진출을 쉽게 생각했다가 낭패를 본 경우가 허다했다.

"오늘 녹화 끝나고 방송이 나가면 구체적으로 여러 곳에서 제의가 올 겁니다, 김현우 대표님."

"예. 저도 그렇게 생각은 하고 있습니다."

"느긋하시군요."

토모다 케이다 피디가 눈동자를 빛냈다.

"사업이라는 게 마음만 급하다고 되는 게 아니니까요."

현우가 빙긋 웃었다.

토모다 케이다 피디는 현우를 정확히 보고 있었다. 솔직히 현우는 마음이 급하지 않았다. i2i의 국내 인기는 이미 걸즈 파워나 뷰티를 능가하고 있었다. 인지도 면에서 압도적이었다. '프로듀스 아이돌 121'이 방송되면서 대중은 마치 자신들이 진짜 i2i의 프로듀서인 것처럼 생각하고 있었다. 남녀노소 i2i에게 사랑을 보내오고 있었다.

'보석을 쥐고 있는 건 우리 쪽이란 말이지.'

현우는 자신이 있었다. 그리고 옆자리에 앉아 있는 이솔을 슥 쳐다보았다. 이솔도 현우를 올려다보았다.

"갓부기, 미쳐 날뛸 준비 된 거지?"

"네, 맡겨주세요!"

"오케이. 다른 멤버들 몫까지 열심히 해보자."

"네!"

*   *   *

겐겐즈 만담 듀오가 후지 TV 내의 다른 인기 프로그램에 게스트 출연을 앞두고 있었다. 이름하야 '본격! 대결! 승자는 누구?'라는 이름의 토크쇼 프로그램이다.

서로 취향이 다른 게스트들을 불러 다양한 주제를 가지고 어느 쪽이 더 취향에 맞는지를 선택하는 그런 프로그램이었다. 그리고 이번 녹화는 그 주제가 만만치 않았다.

이번 회의 주제는 '일본 아이돌 vs 한국 아이돌'이었다. 그리고 i2i의 팬인 겐겐즈 만담 듀오가 한국 아이돌이 훨씬 낫다는 쪽에 서게 되었다. 또한 겐겐즈는 평소 자신들이 가장 좋아하는 이솔의 출연을 요청했다.

어떻게 보면 i2i의 첫 공식 일본 스케줄이나 마찬가지였다. 현우는 처음에는 섭외를 고사하려고도 생각했다. 하지만 겐겐즈가 직접 현우에게 전화까지 걸어 간곡하게 부탁해 왔다.

자신들의 방송에서도 종종 i2i와 이솔을 언급해 주던 그들이다. 다스케 쿠로의 '골든 스페셜'은 미안한 마음에 거절했지만 이번에는 거절할 수가 없었다. 또 오사카 출신으로 일본어가 능숙한 이솔의 단독 출연이라 마음이 놓이기도 했다.

스튜디오 구석에 선 현우는 내심 긴장되었다. 그때 만담 듀오가 현우에게 다가왔다.

"안녕하십니까. 겐겐즈의 이치겐즈입니다. 여긴 니겐즈입니다. 감사합니다."

"니겐즈입니다. 한국말 조금 배웠습니다. 감사합니다."

키가 크고 홀쭉한 체형의 이치겐즈가 자신과 니겐즈를 소개했다. 푸근한 인상의 니겐즈도 현우에게 인사를 해왔다.

"어울림 엔터테인먼트 대표 김현우입니다. 실제로 뵙게 되어서 정말 영광입니다. 방송은 자주 봤습니다. 우리 아이들을 좋아해 주셔서 정말 감사합니다."

박수호가 옆에서 통역을 했다. 겐겐즈는 진심으로 기뻐했다. 그리고 그 순간 이솔이 후지 TV 쪽 스태프들과 함께 스튜디오 내로 들어섰다. 이솔은 i2i의 교복 무대의상을 입고 있었다. 스튜디오 내에서 녹화를 준비하고 있던 스태프들은 이솔을 쳐다보느라 정신이 없었다.

겐겐즈는 감동에 젖은 얼굴로 이솔을 쳐다보고 있었다.

"솔아, 이분들 알고 있지? 겐겐즈 듀오. 인사 나눠."

"안녕하세요. i2i 이솔입니다. 티브이에서 많이 뵈었어요. 저희 부모님도 두 분 팬이세요. 저도 팬이에요."

이솔이 꾸벅 고개를 숙여 인사했다. 겐겐즈는 두 손을 부들부들 떨고 있었다. 마치 소중한 보물을 보는 듯했다.

"아, 이제 죽어도 된다, 나는."

"멍청아, 장가는 가고 죽어야지."

"이미 갔다 온 거 같아."

"사실 나도 그래."

만담 듀오답게 재밌는 대화가 오고 갔다.

그때였다. 반대쪽 스튜디오 문이 열리면서 화려한 무대의상 차림의 아이돌 멤버들이 우르르 들어왔다. 슈트를 입은 매니저도 몇 명 있었다.

"드디어 왔네요. tokyo47 멤버들이에요. 대충 열 명은 되는 것 같은데요?"

박수호가 현우에게 속삭였다.

요 근래 일본에서 최고의 인기를 누리고 있는 아이돌 그룹이 바로 tokyo47이었다.

활동 멤버만 47명. 또 이 활동 멤버에 포함되기 위해 연습생 개념으로 활동하고 있는 멤버가 250명에 달했다. 활동 멤버는 총선거라는 팬들의 투표를 통해서 정해지는데 이 활동 멤버에 들기 위해서 멤버들은 치열한 경쟁과 더불어 물불을 가리지 않았다. 어떻게 보면 '프로듀스 아이돌 121'이라는 프로그램 포맷의 원조가 tokyo47이라고 할 수 있었다.

"형님, 히메 세븐 멤버도 두 명이나 있는데요?"

히메 세븐. 총선거에서 가장 높은 득표를 한 1등부터 7등까지의 멤버를 일본 팬들이 일컫는 말이다.

"저기 작고 귀여운 멤버가 카나기 우츠시마예요. 보통 나기라고 부르는데 총선거에서 7등을 한 멤버입니다. 메인 보컬 파트고요, 4차원 캐릭터를 밀고 있습니다. 그 옆의 모델 느낌이나는 멤버는 아키 레이나라고 총선거에서 5등을 한 멤버예요. 하나처럼 비주얼 포지션이라고 보시면 될 거예요. 여자들한테 인기가 많은 편이에요. 성격은 싸가지가 없다고 유명하다던데… 모르겠네요."

박수호의 설명에 현우는 고개를 끄덕였다. 그러다 검은 슈트 차림의 매니저와 눈동자가 마주쳤다. 현우가 짧게 눈인사를 했다. 그 매니저 역시 살짝 고개를 숙여 보였다.

"와, 형님. 긴장감 장난 아닌데요? 웃자고 섭외했을 텐데 오피스47 쪽에서도 나름 신경을 썼나 보네요. 솔이가 잘할 수 있을까요? 1 대 13입니다, 형님."

박수호의 목소리에 은근히 걱정이 담겨 있었다. 박수호도 i2i 멤버들을 잘 아는 편이다. 특히 고양이 소녀들은 더 잘 알고 있었다. 박수호가 보기에 이솔은 조용하고 착한, 연예인과는 거리가 먼 성격이었다.

"차라리 지연이나 지수도 함께 데리고 오시지 그랬어요?"

현우도 지금 이 순간 두 아이가 보고 싶었다. 특히 유지연이 생각났다. 송지유가 눈빛으로 얼음 폭풍을 불러올 수 있다면 유지연은 눈빛으로 얼음 광선을 쏠 수 있었다.

"솔이도 많이 변했다, 수호야."

"그래요? 그럼 다행인데, 보니까 히메 세븐 말고는 전부 토크 담당 멤버들로만 데려왔어요. 분량으로 씹어 먹겠다는 것 같아요."

"일단 지켜보자. 그리고 수호 네가 잊고 있는 게 있어. 여기가 tokyo47 홈그라운드일 수는 있어도 솔이는 i2i 센터야. 11주 연속 1위는 아무나 하는 게 아니다, 수호야."

"네, 형님."

박수호가 고개를 끄덕였다.

그리고 본격적으로 녹화가 시작되었다.

*   *   *

개그맨 출신 MC 카마가 프로그램의 시작을 알렸다.

"오늘 한국 아이돌 쪽 게스트가 누구였지? 아, 겐겐즈 그 친구들이지! 뭐 해? 빨리들 나오라고!"

겐겐즈 듀오가 멋진 슈트 차림으로 스튜디오에 등장했다. MC 카마가 폭소를 터뜨렸다.

"뭐야? 평소에는 그렇게 입지도 않으면서?"

"미라이시 양을 초대했는데 매너는 지켜야 하지 않겠어? 안 그래, 니겐즈?"

"당연하지! 카마 네놈도 실제로 보면 깜짝 놀랄걸? 예뻐! 무지 예뻐!"

"그건 나중에 확인하기로 하고, 그럼 일본 아이돌 쪽 게스트 나와라. 얘네 너무 말이 많아서 빨리 나와야 해."

다음으로 일본 아이돌이 좋다는 게스트들이 스튜디오로 걸어나왔다. 겐겐즈가 두 명인데 비해 반대편은 게스트만 무려 여덟 명이었다.

현우가 피식 웃었다.

"이게 텃세인가?"

"글쎄요. 워낙에 tokyo47이 인기가 좋아서 그런 거 아닐까요? 지유 씨가 한국에서 연예인들의 연예인라고 불리잖아요? tokyo47도 마찬가지예요. 광고하는 것마다 매출이 확확 오르고 최정상을 찍고 있으니까요."

현우는 고개를 끄덕이며 팔짱을 꼈다.

"근데 그쪽 말이야. 숫자가 너무 많지 않아? 그냥 아이돌 보러 온 거 아냐?"

MC 카마가 따지고 들었다. 여기저기에서 웃음이 터져 나왔다.

"일본 아이돌이 더 낫다는 이유가 뭔데?"

"천연이잖아. 한국 아이돌은 뭔가 무서워. 인상도 세고 무대에서도 팍팍 춤을 추고. 분명 예쁘기는 하지만 여성스러움이 없다고나 할까?"

"아이돌은 아니지. 가수라고. 그냥 가수."

"의사소통도 잘 안 되잖아."

"콘서트 열어서 돈만 벌고 한국 가버리잖아."

"얼굴도 많이 고쳤을걸. 아닌가? 아, 이건 편집."

"귀엽지 않아. 전혀."

여기저기에서 의견이 쏟아졌다.

가만히 듣고만 있던 겐겐즈의 맏형 이치겐즈가 조용히 입을 열었다.

"너희들, 눈은 제대로 달고 다니는 거지? 저게 잘생겼다는 거지? 아이돌이고? 일본을 벗어나면 도저히 무리야. 아무도 아이돌로 보지 않는다고."

또 폭소가 터져 나왔다. 일본 아이돌 편에 서 있던 전 아이돌 출신 남자 방송인이 머리를 긁적였다.

이번에는 니겐즈가 입을 열었다.

"아이돌은 말이야, 말 그대로 아이돌이야. 숭배할 수 있는, 청소년들에게 꿈과 희망을 가지게 해야 한다고. 근데 지금 일본 아이돌을 봐. 죄다 무슨 외계 언어 남발에, 쓸데없는 귀여운 척에, 이상한 캐릭터까지 잡아서 오타쿠들 돈이나 쓸어가고 있잖아. 너희들이 생각해 봐. 한국 가서 나는 이러이러한 아이돌의 팬입니다, 라고 솔직하게 말할 수 있어? 아마 미친놈 아니냐고 쳐다볼걸? 스무 살 먹고 일본어도 제대로 못 읽는 척하는 건 귀여운 게 아냐. 멍청한 거지. 그리고 라이브 무대는 제발 좀 하지 마. 춤도 다 틀리고 발음도 엉망에, 내가 다 창피하다고."

니겐즈가 직설적으로 뱉어내었다.

현우가 고개를 갸웃거렸다.

"거침없는데? 이러다 싸우는 거 아니야?"

"형님, 일본 방송 스타일이 원래 이래요."

박수호가 말했다.

겐겐즈를 비롯해 다들 웃고 있었지만 그 이면에는 치열한 논쟁이 벌어지고 있었다. 그럼에도 서로 얼굴을 붉히거나 하지는 않았다.

현우는 일본 특유의 방송 스타일에 영 적응을 할 수가 없었다.

"자자, 이러다 진짜 싸우겠네. 일단 무대부터 보자고. 그럼 일본 아이돌 나와 주세요. 얼른 나와!"

스튜디오의 중앙으로 tokyo47의 멤버 열세 명이 모습을 드러내었다. 프릴이 달린 공주풍의 무대의상을 입은 멤버들이 무대 위에서 대형을 잡았다.

그리고 갑작스러운 화려한 밴드 사운드와 함께 춤을 추며 노래를 부르기 시작했다. 일본 아이돌 쪽 게스트들과 방청객이 열띤 호응을 했다.

현우는 차분히 tokyo47 멤버들의 무대를 눈에 담았다. 겐겐즈는 고개를 저으며 한숨을 쉬고 있었다. 그리고 무대가 끝이 났다. 열렬한 환영을 받으며 tokyo47 멤버들이 자리로 앉았다.

MC 카마가 겐겐즈의 이치겐즈를 쳐다보았다.

"어땠어? 너희 둘만 빼고 난리였다고. 콘서트 같았어."

"하아, 우리도 i2i를 알기 전까지는 저걸 보고 저렇게 좋아했었지. 근데 내가 예언하나 할까? 이제 다음 무대를 보고 나면 여기 있는 놈들 중에 고개 제대로 들고 있는 놈 한 명도 없을 거다. 창피해서."

게스트들과 방청객이 야유를 보냈다. 니겐즈가 주먹을 들었다.

"너희 방청객도 마찬가지야. 저기 어린 학생들 좀 봐. 지루해서 죽으려고 했다고. 거기 여학생, i2i 팬이지? 그렇지?"

지목을 받은 여학생이 그렇다며 고개를 끄덕였다.

"얘네 좋아해?"

여학생이 단호하게 고개를 저었다.

"이거 봐. 정색하는 거 봤어? 이 정도면 진짜 싫다는 거라고."

니겐즈의 말에 방청객들이 웃음을 터뜨렸다.

"이제 솔이 차례네요, 형님."

"응, 그러네."

"안 떨리세요?"

"방금 전 무대를 보고 났더니 갑자기 막 안심이 되는데?"

"하긴 저도 그러네요."

현우와 박수호가 서로를 보며 피식 웃었다.

"그럼 겐겐즈가 그렇게 자랑하는 i2i를 보자고. 아쉽게도 휴가 때문에 센터 멤버 한 명만 섭외했다네. 그런데 말이야, 여기는 5등과 7등 멤버만 있지? i2i 멤버는 1등을 한 멤버라고 하네. 그럼 나와주세요!"

MC 카마가 크게 소리쳤다. 그리고 스튜디오 무대의 중앙으로 이솔이 홀로 등장했다. 황금색 견장이 스튜디오 조명을 받아 반짝였다.

"안녕하세요! 오사카 출신 한국 아이돌 그룹 i2i의 센터 이솔입니다! 일본 이름은 미라이시 소에입니다! 잘 부탁드리겠습니다! 파이팅!"

이솔이 꾸벅 고개를 숙여 인사한 다음 자신을 소개했다.

11주 연속 1위라는 신기록을 달성한 오승석과 블루마운틴의 곡 '소녀K 매직'의 전주가 스튜디오로 울려 퍼졌다.

겐겐즈가 자신만만한 얼굴을 했다. 그리고 헤헤 웃고 있던 이솔의 표정과 분위기가 싹 바뀌어 버렸다. 카메라를 잡아먹을 듯 이솔이 포스를 뿜어냈다.

전주와 함께 이솔이 허공을 날아 우아하게 착지하며 고난이도의 안무를 선보였다. 그리고 청량하고 허스키한 이솔의 보이스가 스튜디오를 가득 채웠다.

라이브로 노래를 부르면서도 고난이도의 안무가 끝없이 펼쳐졌다. 상체와 하체, 팔과 다리 등 전신을 이용한 여성적인 느낌의 안무에 다들 시선을 뺏겨 버렸다. 그러다 이솔이 허공에서 한 바퀴를 돌며 사르륵 착지했다. 그리고 윙크와 함께 동시에 V 자를 그렸다.

한국에서 큰 인기를 끌었던 '피겨 안무'를 선보인 것이다.

넓은 무대에 분명 이솔 혼자 서 있었건만 무대가 꽉 차 보였다. 160㎝밖에 되지 않는 작은 소녀가 무대를 혼자 장악하고 있었다.

하이라이트 부분에서는 이솔 특유의 돌고래 고음이 끝없이 올라갔다. 현우는 귀가 뻥 뚫리는 느낌에 기분까지 좋아졌다.

마지막으로 이솔은 이지수 전용 안무 그랑 제트까지 소화하며 무대를 마무리했다.

이솔이 잠시 호흡을 골랐다. 그리고 꾸벅 고개를 숙였다.

"최고다! 갓 솔! 최고!"

"봤냐? 봤지?!"

겐겐즈 듀오가 찬사를 보냈다.

반면, 스튜디오는 침묵에 휩싸여 있었다. 걸즈파워와 뷰티가 일본 진출을 하면서 상당한 쇼크를 받은 일본 연예계였다. 프로젝트 그룹 tokyo47은 그전의 일본 아이돌 그룹과 비교하면 보컬적인 면에서나 퍼포먼스적인 면에서 상당한 발전을 이루었다고 평가받고 있었다.

하지만 그 생각이 송두리째 흔들리고 있었다. MC 카마와 일본 아이돌 편에 선 일본 게스트들, 그리고 방청객들이 충격에 휩싸여 쉽사리 헤어 나오지 못하고 있었다.

이솔이 홀로 tokyo47 멤버 열세 명을 두드려 패고 있었다.

스튜디오는 여전히 침묵에 휩싸여 있었다. 뒤늦게 정신을 차린 MC 카마가 진심으로 박수를 보내왔다. 겐겐즈도 박수를 쳤고, 방청객들도 환호성과 함께 박수를 보냈다. 일본 아이돌 편에 선 일본 연예인들도 고개를 끄덕이거나 박수를 보내며 이솔의 무대를 인정했다.

그리고 아이돌 출신이라는 일본 남성 방송인이 어느새 겐겐즈의 옆에 서 있었다. 다른 연예인도 세 명이나 자리를 옮겼다.

"와, 너희 정말 지조 없네!"

MC 카마가 손가락질을 했다. 하지만 그도 이미 이솔 쪽으로 걸음을 옮기고 있었다. 방청석에서 웃음이 터졌다.

현우도 피식 웃었다.

"저 사람 재밌는데? 한국에서 먹힐 스타일이야."

"재밌긴 하네요, 형님."

어느새 마이크가 이솔에게 주어졌다. 이솔이 살짝 웃었다. 방청석에서 귀엽다는 말이 쏟아져 나왔다.

"자기소개를 해봐. 너 열일곱 살이니까 내가 말 놓는다. 일본에서는 원래 그래."

"네. 저도 얼마 전까지만 해도 일본 오사카에서 지냈어요."

"아, 그래? 그래서 일본어를 잘하는구나?"

"멍청아, 지금까지 계속 일본어 하고 있었어."

겐겐즈의 맏형 이치겐즈가 MC 카마를 보며 혀를 찼다.

"한국 나이로 열일곱 살이니까 일본에서는 열여섯 살이겠네. 근데 열여섯 살이 그런 춤이랑 노래를 잘할 수 있는 거야?"

MC 카마가 감탄 어린 눈동자로 이솔을 보았다. 160㎝밖에 되지 않는 작은 체구의 소녀가 방금 전 무대를, 아니, 스튜디오를 장악해 버렸다.

"겐겐즈가 자신만만해한 이유가 있었어."

"내가 뭐라고 했냐? 나랑 니겐즈는 아이돌 보는 눈이 높다고. 그러니까 아직 둘 다 장가도 못 갔잖아."

"아직도 아이돌이랑 결혼할 생각이야? 너희들 나이를 생각해라."

"헛소리 마. 니겐즈랑 나는 소에 짱을 지켜보는 것만으로도 만족한다."

"그렇고말고."

"짱이라는 애칭은 빼줘라. 왠지 내가 화가 난다."

여기저기에서 폭소가 터졌다.

"아, 우리 이야기가 너무 길었네. 정식으로 일본 시청자들에게 소개를 부탁드리겠습니다, 소에 짱."

"짱? 인마, 너는 왜 짱이라고 하냐?"

"MC 권한이다! 기분 나쁘면 너희들도 너희 프로에 소에 짱을 섭외하던가!"

일본 방송답게 만담이 이어졌다. 생긋 웃고 있던 이솔이 두 손으로 마이크를 잡았다. 그리고 꾸벅 고개를 숙였다.

"안녕하세요, 일본 시청자 여러분. 한국에서 온 열일곱 살 가수 이솔이라고 합니다. 여러분에게 노래를 불러 드릴 수 있어서 정말 기뻤습니다."

그렇게 말하고 이솔이 마이크를 이치겐즈에게 잠시 맡겼다. 그러더니 사르르 한 바퀴 턴을 하더니 지긋한 눈동자로 카메라를 응시했다.

"소녀들의 꿈은 무대 위에! i2i입니다!"

방청객들이 짝짝 박수를 쳤다. 현우도 피식 웃었다. 혼자 일본 프로그램에 출연했건만 이솔은 전혀 주눅 들지 않았다. 오히려 이지수가 평소에 하던 인사법까지 따라하고 있었다.

"방금 눈동자 변한 거 봤어? 소녀들의 꿈은 무대 위에 라……. 진짜 멋있는데? 혹시 접신한 거 아니지? 신사 무녀 출신이라던가."

"저는 천주교입니다."

"아, 그래? 하하!"

MC 카마가 크게 웃었다.

"익숙한 일본어를 써서 그런가? 솔이 예능감도 괜찮은데? 방금 뭔가 지수 같았어."

현우는 만족스러웠다. 그리고 차분히 이솔을 지켜보았다. 녹화가 계속 이어졌지만 이솔에게 토크가 몰리고 있었다. tokyo47은 아예 들러리가 되어버렸다. 토크 멤버를 꾸려서 데리고 왔지만 소용없는 일이었다.

예의 바르고 착한 소녀 느낌이 물씬 풍기는 이솔에게 MC 카마뿐만 아니라 모두가 푹 빠져 있었다.

"일본에는 언제까지 있는 거야? 휴가라고 했지?"

"일주일 정도 있을 것 같아요."

"아쉽네. 일본에 쭉 눌러 살면 좋겠다. 그럼 주말에 뭐 해?"

"부모님 집에 있지 않을까 싶어요."

"그러면 말이야, 우리 아들이랑 영화 볼래? 올해 중학교 1학년인데 나 닮아서 똘똘해."

"며느리 삼으려고 그러냐, 인마?"

이치겐즈가 MC 카마의 어깨를 툭 쳤다.

"응. 돈 많이 벌 것 같다. 이 아이, 크게 될 거라고."

"소에 짱, 안 됩니다! 영화는 우리 겐겐즈랑 봐야죠!"

니겐즈가 말했다. MC 카마가 이솔에게 다시 물었다.

"우리 아들이랑 영화 볼래?"

"저 영화 봤어요."

"아직 영화 제목도 말 안 했는데 무슨 영화인 줄 알고 봤다는 거야?"

"네 아들 까인 거야. 포기해."

이치겐즈가 약을 올렸다. 장난을 친 이솔도 헤헤 웃었다. 여기저기에서 또 폭소가 터졌다.

"그런데 말이야, i2i는 그룹명을 뭐라고 읽어야 해?"

토크가 꽤나 흘러서야 영양가 있는 질문이 나왔다.

"아이 투 아이라고 읽으시면 될 거예요."

"멤버 숫자가 열세 명이라고 했지? 다른 멤버들도 소에 짱처럼 귀엽고, 예쁘고, 노래도 잘하고, 춤도 잘 추고……."

"돈도 잘 벌고."

"돈도 잘 벌고… 아니, 니겐즈! 끼어들지 마! 아무튼 소에 짱처럼 다 그래?"

"네! 저희 리더인 수정 언니랑 지연 언니는 저보다 훨씬 귀여워요. 노래도 잘하고요. 하나 언니는 저보다 훨씬 예뻐요. 지수 언니는 춤도 저보다 훨씬 잘 추거든요? 아라 언니도 너무 예쁘고 유지는 저희 팀 막내인데 정말 귀여워요. 하잉이랑 세희 언니도 예쁘고 노래도 잘해요. 유은 언니랑 시시 언니는 든든하고 멋있고 예뻐요. 보미 언니랑 예슬 언니도 못 하는 게 없어요."

이솔이 멤버들 자랑을 늘어놓았다.

"너보다 다 잘났는데 네가 왜 센터야, 그럼?"

MC 카마가 갑자기 따지고 들었다. 또 폭소가 터졌다.

"앗! 죄송합니다! 잠시 건방졌습니다!"

이솔이 헤헤 웃으며 연신 고개를 숙였다.

"귀엽다, 귀여워! 안 귀엽냐?!"

MC 카마가 아빠 미소를 짓고 있었다. 어찌 겐겐즈보다 MC 카마가 더 이솔을 좋아하고 있었다.

＊　　　　＊　　　　＊

녹화 내내 분위기가 화기애애했다. MC 카마와 겐겐즈의 장난 섞인 구박에 눈치를 보고 있던 tokyo47도 조금씩 토크에 참여했다.

그리고 대망의 장기 자랑 시간이 다가왔다. tokyo47 멤버들이 한 명씩 나와 각자의 장기를 소개했다. 둘이서 짝을 이루어 만담을 나누는 멤버들도 있었고, 플룻 같은 악기를 가지고 나와 연주를 하는 멤버들도 있었다. 다양한 장기들이 쏟아졌다.

"형님, 왠지 솔이 눈치를 보는 것 같지 않아요?"

박수호가 말했다. 열세 명이나 되는 멤버 중에서 그 누구도 노래나 춤을 추지 않고 있었다.

"당연하지. 솔이 단독 무대를 봤잖아."

"그래서 그런가?"

"아마 그럴 거다."

현우가 tokyo47의 매니저였다면 준비해 온 노래와 춤이 있다고 하더라도 절대로 선보이게 하지 않았을 것이다.

그리고 이솔의 차례가 다가왔다. MC 카마뿐만 아니라 겐겐즈와 다른 게스트들도 잔뜩 기대하고 있었다.

'미리 준비해서 오길 잘했네.'

현우는 이솔을 쳐다보고 있었다. 현우와 눈이 마주친 이솔이 살짝 웃었다. 현우가 고개를 끄덕여 주었다.

스태프 한 명이 이솔에게 클래식 기타를 갖다 주었다. 이솔이 자리에 앉은 채로 기타를 무릎에 올렸다.

"기타도 칠 줄 알아?"

MC 카마가 놀랐다. 이치겐즈가 자랑스러운 얼굴로 입을 열었다.

"봐. 내가 또 예언한다. 다들 눈물 한 방울씩 흘릴 거다."

"미라이시 상! 파이팅!"

니겐즈도 응원했다. 이슬이 겐겐즈 듀오와 하이파이브를 주고받으며 손을 기타에 올려놓았다. 그리고 기타를 연주하기 시작했다.

서정적인 기타 선율이 흘러나왔다. 일본 연예인들이 눈을 동그랗게 떴다. 익숙한 멜로디인 것이다.

"형님, 이 곡 어디서 들어본 거 같은데 뭐죠?"

"리차드 막스 곡이야. Now And Forever."

"아, 맞다!"

리차드 막스. 2003년 제46회 미국 그래미 어워드 올해의 노래를 수상한 미국 시카고 출신의 전설적인 싱어송라이터이다. Now And Forever는 1994년에 발표한 4집 앨범 Paid Vacation의 첫 번째 곡으로 엄청난 인기를 누렸다.

대표적인 기타 연주곡으로도 유명한 이 곡은 그가 자신의 아내이자 영화 더티 댄싱의 여주인공인 신시아 로즈를 위해 만든 곡으로 아시아권에서 특히 인기가 많았다.

아름다운 기타 선율과 함께 이슬이 입을 떼었다. 청량하고 허스키한 보이스에 사람들이 조용히 귀를 기울였다.

현우도 가만히 두 눈을 감았다.

순식간에 스튜디오가 소극장이 되어버렸다. 방청객들이 좌우로 손을 흔들며 감미로운 허스키 보이스에 빠져들었다. 시종일관 장난기가 가득하던 MC 카마도 노래에 빠져들 정도였다.

이솔은 마지막 가사 man을 girl로 바꿔 부르는 센스까지 선보였다. 허스키 보이스가 진한 여운을 남기며 기타 연주가 흘러나왔다. 그리고 서서히 이솔이 기타에서 손을 떼었다.

"……."

"……."

감정의 여파로 인해 스튜디오에 침묵이 감돌았다. 오직 방청객만이 감동의 박수를 쏟아내고 있었다.

＊　　　　＊　　　　＊

대기실 문이 열리고 이솔이 나타났다.

"대표님!"

이솔이 쪼르르 달려왔다. 부담감을 떨쳐 버린 이솔도 헤헤 웃고 있었다. 현우가 이솔의 어깨를 다독여 주었다.

"떨지 않고 정말 잘했어."

"정말요? 다행이에요!"

이솔이 또다시 헤헤 웃었다.

"인사들은 잘하고 왔어?"

"네! 겐겐즈 아저씨들이 쿠로 삼촌이랑 다 같이 저녁 약속 잡자고 대표님한테 말씀드리래요."

"당연하지."

다스케 쿠로에 이어 겐겐즈한테도 신세를 졌다. 한 번 팬이 되면 물심양면 지원을 아끼지 않는 일본의 팬 문화는 현우가 봐도 상당히 좋은 점이라는 생각이 들었다.

"어… 그리고 저… 친구 생겼어요!"

"친구?"

"잠시만요. 들어와."

대기실 문이 활짝 열리고 일본 소녀 한 명이 살짝 고개를 내밀었다. 카나기 우츠시마. 히메7이라는 멤버였다.

"카나기 우츠시마입니다. 솔이랑 친구 하기로 했어요."

이솔이 박수호 대신 통역을 해주었다. 그러고 보니 체구도 비슷했다. 카나기 우츠시마가 동그란 눈으로 현우를 올려다보았다.

"어울림 엔터테인먼트 김현우 대표입니다. 반가워요. 뭐라고 불러야 하지? 성을 말해야 하나? 카나기 양?"

"나기라고 불러주세요."

"어라? 한국말 할 줄 알아요?"

"네. 한국말 배웠어요."

"아하!"

현우는 새삼 놀란 얼굴로 카나기 우츠시마를 살펴보았다. 토종 일본인 같은데 한국말이 제법이었다.

"대표님, 나기 짱이 저희 i2i 팬이래요!"

"그래요?"

"네. 후지 TV에서 프로듀스 아이돌 121 다 봤어요."

"고마워요, 나기 씨."

짱이라는 애칭은 왠지 낯간지러워 차마 입에 붙지가 않았다.

"어떻게 친해진 거야, 솔아?"

"나기 짱도 오사카가 고향이래요. 헤헤."

"아, 그랬구나."

현우가 피식 웃었다. 어쩐지 방송 내내 카나기 우츠시마는 이솔에게 관심이 많아 보였다. 사적인 질문도 많이 던지고 토크에 도움을 주기도 했다.

"오늘 녹화하는 내내 우리 솔이 도와줘서 고마워요. 뭐 보답할 게 없나?"

"송지유 언니랑 통화하고 싶습니다."

"지유를 알아요?"

"팬입니다."

"아하!"

현우가 고개를 끄덕거렸다. WE TUBE 공식 채널을 보면 송지유 관련 영상에도 일본 팬들의 댓글이 자주 보였다.

'지유가 전화를 받으려나.'

지금 미국 뉴욕은 오전 11시 정도였다.

"그래요. 그럼 해볼게요."

현우가 송지유에게 전화를 걸었다.

*   *   *

드르륵드르륵.

침대 옆 장식장에 놓여 있는 핸드폰이 진동음을 토해내었다.

끼익.

문이 열리고 열두 살 정도로 보이는 동양계 혼혈 소녀가 들어왔다.

"지유, 전화 왔어. 지유?"

"엘리스, 나 어제 늦게 들어왔다고 깨우지 말라고 했잖아. 그리고 너는 미국인이 남의 방에 노크도 없이 들어오는 거야?"

엘리스라는 소녀가 입을 삐죽였다.

"나도 반은 한국인이야. 그리고 미스터 김인데, 그럼 그냥 끊어야지."

"어? 잠깐!"

하얀색 이불 속에 파묻혀 있던 송지유가 부스스 자리에서 일어났다. 흘러내리는 기다란 머리카락을 뒤로 넘긴 채 송지유가 엘리스부터 핸드폰을 받아 들었다.

"여보세요? 오빠?"

─응, 지유야. 설마 뉴욕까지 가서 늦잠 자고 있는 건 아니겠지?

"아니에요. 씻고 나와서 커피 한 잔 마시면서 음악 듣고 있었어요."

그런 송지유를 보며 엘리스가 미간을 찌푸렸다.

"What? 커피? 음악? You crazy? 왜 그 남자한테 전화 오면 바보가 되는 거야?"

"When did I? 내가?"

영어와 한국어가 마구 뒤섞인 대화가 오고 갔다. 결국 송지유가 손바닥으로 핸드폰을 틀어막았다. 그리고 엘리스를 노려보며 속삭였다.

"You want to die?"

"Oh! dad! mom! 지유가 나 죽인대!"

호들갑을 떨며 엘리스가 도망쳤다.

─지유야? 지유야? 무슨 일인데?

"미국인 꼬맹이가 자꾸 까불어서 혼 좀 내줬어요."

─그래? 하하! 지유야, 다른 건 아니고 지금 솔이랑 후지 TV 스튜디오에 있어. tokyo47이라는 아이돌 그룹의 멤버 한 명이 네 팬이래. 이름은 카나기 우츠시마. 통화하고 싶다는데 괜찮아?

"당연하죠. 바꿔주세요."

─카나기 우츠시마입니다! 송지유 언니를 사랑합니다! 좋아합니다! 저도 좋아해 주세요!

송지유가 살짝 웃었다. 목소리도 그렇고 말투도 말뜻도 상당히 귀여웠다.

"안녕하세요. 송지유예요. 우리 나중에 한번 만나요. 알았죠?"

─네, 고마워요, 송지유 언니.

"그래요. 현우 오빠한테 내 전화번호 물어봐서 따로 연락해요."

─아, 네! 그럼 그렇게 하겠습니다!

─지유야, 고맙다. 컨디션은 어때?

다시 현우의 목소리가 들려왔다.

"컨디션 좋으니까 걱정 말고 일본 일 빨리 처리하고 미국으로 와요. 나 언제까지 혼자 둘 생각이에요?"

─미안. 일 처리 되는 대로 곧장 갈게. 그럼 수고하고. 또 연락할게.

"알았어요."

툭.

전화가 끊겼다. 문틈으로 엘리스의 눈동자가 보였다.

"이리 와, 엘리스."

송지유의 한마디에 엘리스가 품으로 안겨들었다.

"지유, 지유 몸에서 나는 향기가 좋아. 인간 디퓨저."

"인간 디퓨저? 풋."

송지유가 웃으며 엘리스의 머리카락을 쓰다듬었다. 그러고
는 한숨을 삼키며 방 안을 둘러보았다. 전형적인 뉴욕 중산
층 가정의 풍경이 펼쳐져 있다.

"지유, 오늘도 일자리 알아보러 나갈 거야?"

"응. 가야 해."

"그냥 우리 dad 가게에서 일해. 그럼 편하고 좋잖아."

"안 돼. 그러면 방송이 재미가 없어."

송지유는 결국 길게 한숨을 내쉬었다.

뉴욕 생활 일주일 차. 송지유는 현재 백수, 아니, 백조였다.

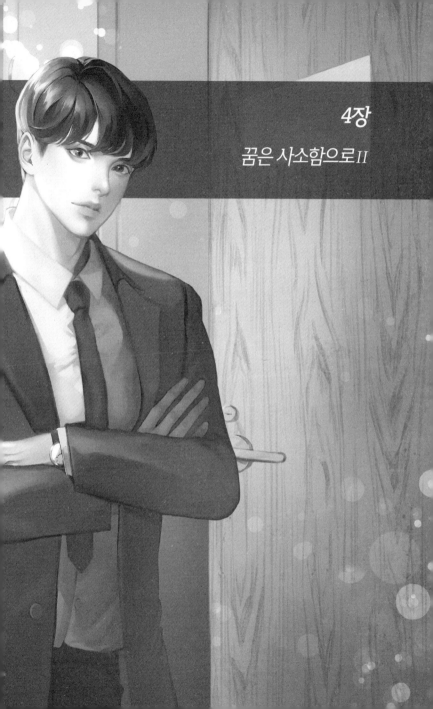

4장

꿈은 사소함으로 II

가을이 끝나가는 저녁 시간대의 뉴욕은 한국보다 바람이 쌀쌀했다. 갈색 폴라 스웨터에 회색 코트 차림의 송지유는 뉴욕 한복판을 걷고 있었다.

또각또각.

검은색 부츠가 소리를 냈다. 그리고 주변을 지나가던 사람들이 흘깃흘깃 송지유를 쳐다보았다.

몇몇 남자들이 접근을 시도했지만 송지유는 냉기를 뿜어내며 그들을 지나쳐 갔다. 그러던 중 20대 중후반으로 보이는 백인 남성이 용기를 내어 송지유의 앞을 가로막았다.

"Can you give me your number(전화번호 좀 알 수 있을까요)?"

송지유가 물끄러미 남자를 쳐다보았다. 그가 얼굴을 붉혔다.

"Your very mysterious and beautiful(당신은 너무 신비하고 아름답네요)."

"I am married. there are three children(난 결혼했어요. 아이도 세 명이나 있어요)."

"Oh, sorry. I will apologize(오, 미안해요. 사과할게요)."

"Dose not matter(괜찮아요)."

송지유가 홱 돌아섰다. 남자가 아쉬운 표정으로 송지유의 뒷모습을 쳐다보았다.

"최 작가, 하루에 열 번씩은 이러니까 피곤해 죽겠다. 지유 씨도 힘들겠어."

"피디님, 참으세요. 어쩌겠어요. 여긴 뉴욕이잖아요."

소형 카메라로 송지유를 찍고 있던 SBC의 제작진은 혀를 내둘렀다. 가는 곳곳에서 꼭 송지유에게 작업을 걸어왔다. 처음에는 초롱초롱 눈을 빛내며 부러워하던 여자 작가들도 슬슬 짜증이 날 정도였다.

송지유가 뉴욕 번화가에 자리를 잡고 있는 재즈 바 안으로 들어갔다. 은은한 조명과 함께 술 향기가 진하게 배어 나왔다. 가게 안은 음악과 술 한잔을 즐기기 위해 찾아온 손님들로 가득했다.

"무슨 일입니까?"

주인으로 보이는 40대 후반의 중년 사내가 송지유와 제작진에게 물어왔다. 송지유와 함께 뉴욕으로 온 유선미가 능숙한 영어 실력을 발휘하기 시작했다.

"저희는 한국에서 왔어요. 저는 유선미라고 합니다. 이쪽은 송지유라고 해요."

"반갑습니다."

"송지유입니다. 한국에서 온 가수예요."

중년 사내가 고개를 끄덕거렸다.

"일자리를 찾으러 온 겁니까?"

"네. 이곳 분위기도 마음에 들고 여기 계신 분들에게 노래도 들려 드리고 싶어요."

송지유가 솔직하게 말했다.

중년 사내가 잠시 송지유를 살펴보았다. 패셔너블한 옷차림에 등 뒤로 클래식 기타 케이스까지 메고 있다. 상당히 매력적인 외모의 동양인 소녀였지만 너무 어려 보였다.

"몇 살입니까?"

"스무 살이에요."

"그렇습니까? 그럼 영어는 할 줄 압니까?"

"여덟 살까지 미국 LA에서 살았어요. 어려운 단어나 문장만 빼면 일상적인 대화는 가능해요."

"그래요?"

중년 사내는 잠시 망설였다. '블루버드'라는 이름을 가진 이 재즈 바는 뉴욕에서 30년이 넘는 역사를 자랑하는 곳이었다. 비록 아마추어 가수들이 노래를 부르는 곳이지만 그 명성이 자자했다. 이곳을 거쳐 빌보드에서 활동하고 있는 가수도 몇 명 있었다.

결국 중년 사내는 마음을 굳혔다. 상당히 아름다운 동양인 소녀였다. 하지만 나이도 어려 보였고 가수로서의 경력도 그리 길어 보이지 않아 믿음이 가지를 않았다.

"미안합니다. 우리 가게에서는 일자리를 주기가 어려울 것 같군요. 방송국에서 촬영 온 것 같은데 우리 가게도 사정이란 것이 있습니다. 양해해 주시면 좋겠습니다."

"아니에요. 친절하게 대답해 주셔서 감사합니다. 저녁은 먹고 가도 되겠죠?"

"물론이죠, 손님."

결국 송지유 일행은 재즈 바에 자리를 잡고 저녁 식사나 시켜야 했다. SBC의 피디 박석준이 길게 한숨을 내쉬었다.

"지유 씨, 미안합니다. 생각보다 일이 잘 풀리지가 않네요."

"죄송해요, 지유 씨. 뉴욕이 이렇게 배타적인 곳일 줄은 미처 몰랐어요."

최지영 작가도 송지유의 눈치를 보고 있었다.

송지유가 국제선을 타고 미국 뉴욕까지 온 이유는 SBC의 새 예능 프로그램 촬영을 위해서였다. 정규 앨범 1집을 들고 컴백한 송지유에게 SBC 예능국의 고위 간부들이 찾아왔다. 'K―POP! 슈퍼 아이돌!'의 참패를 경험한 SBC에서는 송지유의 출연을 간곡하게 요청했다. 그리고 그때 현우는 i2i의 원활한 SBC 활동을 위해 송지유의 출연을 허락했다.

SBC에서 송지유를 섭외해 가면서까지 야심차게 기획한 이 프로그램의 명칭은 '차가운 도시의 법칙'이었다. 탑스타 송지유가 미국 뉴욕의 평범한 가정에서 홈스테이를 하며 겪는 일을 시청자들에게 생생하게 전달한다는 것이 기획 의도였다. 제작진과 송지유는 뉴욕에 도착한 이후로 목표를 세웠다. 그 목표는 뉴욕의 유명 재즈 바에서 공연하며 뉴욕 생활을 이어간다는 것이었다.

하지만 일주일째 일자리를 구하지 못하고 있었다. 치열한 경쟁과 함께 자존심이 강한 재즈 바의 주인들은 어린 나이의 동양인 소녀를 무대 위에 올린다는 것 자체를 꺼렸다. 그리고 송지유가 아르바이트를 하는 동안 재즈 바를 촬영해야 한다는 문제까지 겹쳐 번번이 퇴짜를 맞고 있었다.

이대로라면 엘리스의 말처럼 정말 제임스의 식료품 가게에서 아르바이트를 해야 할 지도 모른다. 먹음직스러운 음식이 나왔음에도 제작진 그 누구도 포크를 들지 않았다. 여기저기에서 한숨이 터져 나왔다.

처음 예능국 윗선에서 송지유의 섭외를 알려왔을 때만 해도 제작진은 전체 회식을 하고 축하 파티까지 따로 열었다. 하지만 최고의 스타인 송지유를 섭외했음에도 지금까지 쓸 만한 장면을 하나도 찍지 못했다.

"이방인에게는 정말 차가운 도시입니다, 이놈의 뉴욕은."

박석준 피디가 울상을 했다. 송지유는 칵테일을 마시며 무명 가수의 무대를 물끄러미 보고 있었다. 노래를 부르고 싶은 마음이 간절했다.

"지유 씨, 오늘은 그만 돌아가요. 더 어두워지면 뉴욕은 그리 안전한 곳이 아니에요."

유선미가 말을 걸어왔다. 브로드웨이에서 1년간 일한 경험이 있는 유선미는 뉴욕 밤거리의 치안이 그다지 좋지 않다는 것을 잘 알고 있었다. 곳곳에 중무장한 경찰과 경찰차가 순찰을 돌고 있었지만 외곽 후미진 곳까지 공권력이 닿지는 않았다.

박석준 피디와 최지영 작가도 송지유의 대답을 기다리고 있었다.

"우리 한 곳만 더 가봐요."

"그래요. 그렇게 합시다."

박석준 피디가 고개를 끄덕였다. 가게를 나온 송지유 일행은 뒷골목 쪽으로 걸음을 옮겼다. 뒷골목으로는 전혀 다른 세계가 펼쳐져 있었다. 오래되고 낡은 술집과 가게들이 즐비했다. 그러나 사람은 별로 없었다.

"이런 후진 골목에 일을 할 만한 곳이 있을까요, 지유 씨?"

고석훈이 송지유의 안전을 걱정하며 물었다. 현우도 없고 손태명도 없는 뉴욕에서 송지유의 보호자는 자신과 유선미 둘뿐이었다. 벌써부터 걱정이 되었다.

그리고 그 걱정은 얼마 가지 않아 현실이 되어버렸다. 후줄근한 옷차림을 한 히스패닉 계열 무리가 슬금슬금 이쪽으로 다가오고 있었다.

"중국? 아니면 일본?"

"한국에서 왔는데, 당신들은 누굽니까?"

박석준 피디가 경계하며 물었다. 히스패닉 청년들은 영어가 아닌 스페인어로 무언가 말을 주고받고 있었다. 분위기가 급격하게 얼어붙었다. SBC 제작진은 물론이고 고석훈도 당황스러웠다. 유선미가 송지유를 자기 뒤쪽으로 숨겼다.

처음에 말을 걸어온 히스패닉 청년 한 명이 송지유 일행에게로 다가왔다.

"지유 씨, 혹시 총이나 칼 이런 거 꺼내면 선미 씨랑 바로 뛰어요. 알았어요?"

고석훈이 침착하려 애를 쓰며 말했다. 그때 히스패닉 청년이 주머니에서 손을 꺼냈다.

"오지 마! 우린 한국 방송국에서 나왔어! 우리한테 무슨 짓을 했다간 바로 잡힐걸!"

박석준 피디가 소리를 질렀다. 그러자 히스패닉 청년이 크게 웃었다.

"뭔 헛소리를 하는 겁니까? 난 후안이라고 합니다. 길을 잃은 것 같아서 도와주려고 했는데 우리가 강도라도 되는 줄 알았어요?"

"아닙니까?"

"이봐요, 우린 이 골목에서 음식점을 운영합니다. 동양인들이 여기 골목까지 들어와서 매번 길을 잃어 좀 도와주려고 한 겁니다. 마침 식당에 재료가 떨어져서 사오는 길이고."

그렇게 말한 다음 후안이 손에 들고 있던 봉투를 열어 보였다. 콩이며 브로콜리, 당근 같은 채소들이 가득했다. 다른 히스패닉 청년들도 저마다 봉투와 박스를 열어 식재료를 보여주었다.

결국 송지유가 앞으로 나섰다.

"미안해요. 기분이 상하셨다면 사과드릴게요."

"오! 세뇨리타!"

후안이 휙 휘파람을 불었다. 다른 히스패닉 청년들도 휘파람을 불어댔다. 송지유가 홱 후안을 노려보았다.

"지금 뭐 하는 거죠?"

"미안해요. 그쪽이 너무 예뻐서 그랬습니다. 참, 아시아권에서는 이런 걸 싫어한다고 했지. 근데 그쪽은 한국에서 왔다고요? 배우? 모델?"

후안이 제작진이 들고 있는 카메라를 가리키며 물었다. 송지유가 고개를 저었다.

"나는 한국에서 온 가수예요. 배우는 아직 아니에요."

"인기 많아요?"

"조금?"

"근데 뉴욕에는 무슨 일로 왔어요? 뭐 찍으러 온 것 같기는 한데."

"자세한 건 알 것 없어요."

"하, 쌀쌀맞은 세뇨리타! 매력적이군!"

여기저기에서 또 휘파람이 울려 퍼졌다. 송지유는 길게 한숨을 내쉬었다. 그러다 후안을 올려다보며 입을 열었다.

"혹시 이 골목에 재즈 바 있어요?"

"재즈 바?"

후안이 송지유가 메고 있는 기타 케이스를 슥 쳐다보았다. 그리고 빙긋 웃었다.

"아, 알겠다! 재즈 바에서 공연하려는 거죠? 촬영도 하고. 그거 쉽지 않을 텐데. 대충 꼴을 보니 몇 군데서 거절당한 것도 같고. 그렇죠?"

"맞아요. 근데 천천히 좀 말해요. 영어를 하긴 하지만 능숙한 건 아니에요."

"세뇨리타, 그대의 뜻대로 하죠."

후안이 느끼한 미소를 머금었다. 순간 송지유는 주먹을 쥘 뻔했다. 하지만 꾹 눌러 참으며 다시 물었다.

"다시 물을게요. 알고 있는 재즈 바가 있나요?"

"음, 한 군데가 있긴 해요. 뉴욕에서 가장 오래된 곳이죠. 소문에는 프랭크 시나트라랑 스티비 원더도 공연한 곳이라고 하더군요."

"정말인가요?"

송지유의 보석 같은 눈동자가 호기심으로 물들었다. 프랭크 시나트라와 스티비 원더라면 송지유도 엄청 좋아하는 전설적인 뮤지션들이다.

"아름다운 세뇨리타에게 거짓을 고할 수는 없죠. 후후."

"안내해 줄 수 있어요?"

"당연하죠. 자, 가시죠, 세뇨리타."

후안 일행이 먼저 걸음을 떼기 시작했다.

근데 어째서인지 제작진과 유선미, 고석훈이 섣불리 걸음을 떼지 못하고 있었다.

"왜들 그래요? 안 가요?"

송지유기 물었다.

"그게 좀……. 지유 씨, 저 사람 말 진짜일까요?"

최지영 작가가 의심을 품었다. 박석준 피디와 다른 제작진
도 고개를 끄덕이며 동조했다. 그러자 송지유는 길게 한숨을
내쉬었다.

"어쩔 수 없잖아요. 이제 뉴욕에서 더 가볼 재즈 바도 없다
고 피디님께서 그러셨어요. 거짓말일 수도 있지만 우린 손해
볼 거 없잖아요. 마지막으로 한 번만 가봐요, 우리."

"하긴 지유 씨 말이 맞네요. 밑져야 본전이니까."

박석준 피디가 먼저 걸음을 떼었다. 그리고 송지유 일행은
후안 일행을 뒤따랐다.

*   *   *

"여기예요?"

송지유가 손가락으로 낡고 오래되어 불도 제대로 들어오지
않는 간판을 가리켰다. 색소폰과 기타가 그려져 있는 간판은
툭 치면 그대로 떨어질 것만 같았다.

"바로 여깁니다. 어때요? 엄청난 역사가 느껴지지 않습니까,

세뇨리타?"

송지유가 고개를 갸웃했다. 후안의 말대로 범상치 않아 보였지만 낡아도 너무 낡은 가게였다.

New Soul

이름은 그럴듯했다.

"장사는 하는 거죠, 여기?"

"그럼요. 재즈의 밤은 깁니다. 지금부터죠."

후안의 느끼한 말에 송지유가 눈살을 찌푸렸다. 그리고 천천히 가게 문으로 다가갔다. 특이하게 가게 문에 벨이 달려 있었다. 송지유가 벨을 눌렀다.

삐이익! 삐이익!

벨소리가 울렸지만 기척이 없었다.

"후안, 문 닫은 가게를 소개해 준 건 아니죠?"

"그럴 리가요. 어젯밤에도 친구들이랑 마티니 한잔씩 했는데요? 기다려 봐요. 거 동양 사람들 성격 한번 급하네."

"하지만 그쪽처럼 느끼하지는 않죠."

"오, 세뇨리타. 이건 느끼한 게 아닙니다. 아름다운 미인에 대한 일종의 경의와 매너죠."

"시끄러워요."

"역시 아름다운 장미는 가시가 있는 법."

지켜보는 제작진은 조마조마했다. 친절한 히스패닉 청년들이었지만, 미국 사회에서 히스패닉 인종에 대한 편견은 꽤나 지독했다. 후안의 친구들이 주머니로 손을 넣을 때마다 제작진은 움찔움찔했다.

몇 분이나 지났지만 가게 안에서는 기척이 없었다.

"당신, 나한테 거짓말했어요. 안에 아무도 없잖아요?"

송지유가 차가운 표정으로 후안을 쏘아보았다.

"아, 아니… 분명 장사하고 있을 텐데? 세뇨리타, 차가운 표정 하지 말아요. 나 후안 베스, 상처받습니다."

"느끼하다고 했죠?"

그때였다. 덜컹 문이 열렸다. 그리고 머리가 희끗한 흑인 노인 한 명이 모습을 드러내었다.

"후안 이 빌어먹을 자식아, 장사는 안 하고 왜 또 왔냐?"

"영감님, 대뜸 보자마자 욕을 하면 아름다운 세뇨리타 앞에서 제가 뭐가 됩니까?"

"세뇨리타? 누구?"

흑인 영감이 슬쩍 고개를 돌렸다. 후안의 큰 덩치에 가려 누가 온 것인지 보이지가 않았다. 흑인 노인이 후안을 옆으로 밀어냈다. 그러자 송지유가 나타났다.

"동양인 아가씨가 여긴 무슨 일이야? 관광 온 건가? 관광

잡지에 이제는 우리 가게도 실리는 건가? 젠장."

"안녕하세요. 한국에서 온 송지유라고 합니다. 실례가 되지 않는다면 들어가도 될까요?"

"들어와. 정상 영업 중이니까."

"감사합니다. 그리고 제 친구들도 함께 들어가도 될까요? 잠깐 촬영을 할 수도 있어요. 괜찮으시겠어요?"

"촬영? 무슨 촬영?"

"한국 방송국에서 온 제작진분들이에요."

"아가씨, 혹시 연예인이야?"

"네."

"잠깐 기다려 봐. 친구 녀석들한테 좀 물어보고 올 테니까."

쾅!

다시 문이 닫혔다. 그리고 얼마 안 있어 다시 문이 열렸다.

"들어와."

"감사합니다, 할아버지."

"할아버지? 뭐 틀린 말은 아니군."

송지유가 후안과 함께 가게 안으로 들어섰다. 송지유의 눈동자가 서서히 커졌다. 가게 안은 1970년대를 보는 것 같았다. 오래된 전축부터 시작해 의자와 테이블, 샹들리에까지 모든 것이 나이깨나 먹은 것 같았다.

그리고 무대 쪽 테이블로 낡은 양복을 입은 세 명의 흑인 노인이 옹기종기 모여 술을 마시고 있었다.

"손님 받아라. 한국 방송국에서 촬영 왔다니까 다들 그리 알고."

흑인 노인의 말에도 다른 노인들은 별 관심이 없었다. 그저 슥 살펴보곤 고개를 끄덕일 뿐이었다.

"술은 마티니로 통일하지. 우리 가게에 술은 마티니밖에 없거든."

송지유가 스탠딩 의자에 앉았다. 옆자리에 앉은 후안이 말을 걸어왔다.

"마티니는 내가 사죠."

"아뇨. 신세도 졌으니까 내가 낼게요."

"하하, 마음씨도 고운 세뇨리타군요. 자, 어때요? 가게 분위기가 죽이지 않습니까? 뉴욕 시내에 여기보다 분위기 죽이는 곳은 없을 겁니다."

"그렇긴 하네요. 조명도 좋고 마음에 들어요."

송지유는 진심이었다. 오래된 영화 속의 한 장면 같은 곳이 바로 이곳 '뉴 소울'이었다. 벽에 걸려 있는 낡은 클래식 기타에 저절로 시선이 갔다. 샹들리에 위로 촛불이 빛을 발하고 있고, 파스톤 블루 계열의 조명들이 가게 안을 밝히고 있었다.

그러다 문득 송지유는 의문이 일었다.

"그런데 손님이 왜 세 명밖에 없어요?"

가게 안이 텅 비어 있었다. 그것뿐만이 아니었다. 마티니를 제조하고 있는 흑인 노인 뒤쪽의 진열장에는 마티니 제조에 들어가는 진 두 병이 전부였다.

"그게 여기 노인네들이 가게 영업을 드문드문 하거든요. 일주일에 두세 번 열까 말까 해요. 거기다가 가게 문도 제멋대로 닫아버리니 어느 손님이 여길 오겠습니까? 위치도 후미지고 노인네들이 바텐더이자 지배인이자 소속 가수예요. 메뉴도 술은 달랑 마티니에 먹을 만한 음식이라곤 냉동 호두파이 하나입니다. 정말 불친절한 가게죠. 세뇨리타처럼."

"흰소리 말고 마시기나 해라."

흑인 노인이 마티니 두 잔을 탁 내려놓았다.

"건배하죠, 세뇨리타."

"싫어요."

송지유가 홀로 마티니를 홀짝였다. 그러면서 흑인 노인을 쳐다보았다.

"왜, 할 말 있어?"

"할아버지는 이름이 뭐예요?"

"나? 그냥 블랙잭이라고 불러."

"이름이 특이하시네요."

"별명이지. 근데 우리 가게에 뭐 찍을 게 있나?"

촬영을 하고 있는 제작진을 가리키며 블랙잭이 송지유에게 물었다.

"네. 뉴욕에 촬영하러 온 지 일주일 정도 된 것 같은데 할아버지 덕분에 한숨 돌린 것 같아요."

"그래? 그럼 다행이군. 그런데 이런 낡은 가게는 왜 찾아온 거야?"

"저는 이런 곳이 좋아요. 옛날 냄새가 나잖아요."

"우리 가게가 좋다고? 취향 한번 참 특이한 아가씨군."

"잭 할아버지, 저기 진열장에 걸려 있는 기타 한번 연주해 봐도 될까요?"

"아가씨 기타는 놔두고? 뭐, 마음대로 해."

블랙잭 영감이 진열장에 걸려 있는 클래식 기타를 손수 꺼내주었다. 먼지를 털어낸 송지유가 기타를 무릎 위에 올려놓았다.

딩딩.

잠시 기타를 만지던 송지유가 1987년에 만들어진 스팅의 명곡 Englishman In New York을 연주하기 시작했다. 멀뚱히 보고만 있던 후안이 의외라는 얼굴을 했다.

제작진이 그 모습을 카메라에 담기 시작했다. 손님들이 기타 연주에 조용히 귀를 기울였다. 연주가 계속되자 손님들이 하나둘 송지유 앞 테이블로 모여 앉았다. 이내 기타 연주를 마친 송지유가 자리에서 일어나 꾸벅 고개를 숙였다.

"세뇨리타, 가히 신의 선율이었습니다."

후안이 박수를 쳤다. 손님들도 박수를 보내왔다. 송지유가 생긋 웃으며 블랙잭 영감에게 말했다.

"할아버지, 어떠셨어요?"

"뭐 쓸 만한 연주구만."

"저… 그럼 부탁 하나 드려도 될까요?"

"여기서 일하고 싶다는 거지?"

"어? 어떻게 아셨어요?"

"뻔하지. 한국에서 온 연예인 아가씨가 이런 허름한 바에 뭐 하러 왔겠어. 촬영하러 온 거 아냐? 그럼 여기서 일도 하고 노래도 부르고 그래야겠지."

"할아버지 똑똑하세요."

"하, 나이는 헛먹는 게 아니야."

"그럼 저 오늘부터 여기서 일해도 될까요?"

블랙잭이 곤란한 얼굴을 했다.

"그건 힘들어. 가뜩이나 장사도 안 되는 가게에서 줄 수 있는 돈이 어디 있겠어? 차라리 맨해튼으로 가봐. 거긴 볼 것도 많고 그럴싸한 일자리도 많아."

"조금만 받을게요. 네?"

"저희 SBC에서 출연료도 드리겠습니다, 영감님."

급한 마음에 박석준 피디가 말을 덧붙였다. 비록 뉴욕 재즈 거리의 화려한 바는 아니었지만 촬영 장소로 사용하기에 분위기도 좋았다. 무엇보다 이제는 일자리를 알아볼 재즈 바가 존재할지 의심스러웠다.

"출연료? 저놈들 것까지?"

블랙잭이 술을 마시고 있는 세 친구를 가리켰다. 박석준 피디가 고개를 끄덕였다.

"물론입니다."

"그래? 나쁘지는 않은데, 우리 가게가 은근히 단골손님 위주라서 말이야. 단골손님들 의견도 중요해. 이보게, 자네 생각은 어때?"

블랙잭이 머리가 희끗한 백인 신사에게 물었다.

"아가씨, 한 곡 더. 곡 값은 술 한잔으로 지불하지."

백인 신사가 대답 대신 블랙잭에게 마티니를 주문해 송지유에게 건넸다. 송지유가 마티니를 마시고는 테이블로 올려놓았다.

"혹시 신청곡도 가능하나?"

"네, 그럼요."

"그럼 스팅의 Shape Of My Heart로 부탁하지."

조금 전 송지유의 기타 연주를 감명 깊게 들은 모양이다. 이번 신청곡도 스팅의 노래였다.

곡을 상징하는 음울하고 슬픈 기타 연주가 송지유의 손끝에서 시작되었다. 송지유는 조용히 두 눈을 감았다. 그리고 쓸쓸하면서도 청아한 음색이 재즈 바 '뉴 소울'을 휘감기 시작했다.

음울한 기타 연주와 쓸쓸한 송지유의 음색까지 더해져 원곡보다 더 시린 감정이 느껴졌다.

곡을 신청한 백인 신사는 조용히 감정에 젖어 있었다. 그러다 송지유의 눈동자를 쳐다봤다.

"좋군. 여기 있는 모두에게 마티니 한잔씩 돌리지. 그리고 이 아가씨를 내일도 볼 수 있었으면 좋겠네, 블랙잭."

순간 송지유의 얼굴이 환해졌다.

＊　　＊　　＊

일본의 주요 커뮤니티마다 후지 TV의 인기 프로 '본격! 대결! 승자는 누구?'와 관련된 글이 계속해서 올라오고 있었다.

현우는 박수호와 함께 3ch라는 남성 중심 커뮤니티의 반응부터 살펴보고 있었다.

―일본 침몰. www

―tokyo47이 최고라 믿었던 내가 창피하다.

―한국 아이돌 〉 일본 아이돌

―비교 자체가 무리. 아티스트랑 감히 일본 아이돌을 비교?

―i2i라고 했나? 멤버 전원이 저 정도인가? 대단.

―한국 아이돌은 아티스트였다.

―일본에 팝송을 부르는 아이돌은 존재하지 않는다.

―일본인이라 죄송합니다. 죄송합니다.

―미라이시 소에, 예쁘다. 귀엽다.

―한국 여자는 확실히 예쁘다. 피부도 좋고.

―tokyo47은 전원 할복해라. www

―한국 아이돌이 노래도 춤도 외모도 완벽했다. 완패.

―i2i, 일본 진출 대성공 예감. wwwww

―i2i의 팬이다. 이솔은 특별해. 그리고 다른 멤버들도 귀엽고 예쁜 멤버들이 많다. 나는 하나와 수정의 팬이야. 일본 진출을 환영한다.

―i2i에 대한 정보가 필요하다. 관심이 생겼어.

―WE TUBE 어울림 엔터테인먼트 채널로 가봐.

―이솔, 매우 귀엽고 예쁘다. 반했다.

―나도 같이 영화 보고 싶다.

―13명이 나와도 미라이시 소에 한 명을 이길 수 없었다.

―제2의 뷰티인가.

―뷰티를 능가할 것이라고 생각한다. 이솔, 치명적인 미소녀다.

─한국 미소녀 압승. 인정하는 바.

─일본 아이돌이 퍼포먼스로 한국 아이돌을 이길 수 있다고 생각한 내가 바보다. 애당초 급이 다르다. 유치원 학예회 수준과 전문 댄서 수준이었다. K─POP은 일본보다 우월하다.

극우 성향을 가지고 있는 사이트답게 표현이 거칠고 과격해 눈살이 찌푸려졌다. 하지만 한 가지 사실은 확실했다. 험한 성향이 짙은 3ch에서도 이솔과 i2i에 대한 관심이 폭주하고 있었다.

"형님, 3ch에서도 이 정도 반응이면 솔이가 대박을 친 거예요."

젊은 여성들이 모이는 커뮤니티에서는 반응이 더욱 좋았다. 귀엽다, 예쁘다, 스타일이 좋다 등 이솔의 단독 무대와 Now And Forever 커버에 대해 반응이 매우 뜨거웠다.

그리고 더욱 놀라운 것은 여성 커뮤니티마다 이미 이솔과 i2i를 좋아하고 있던 팬들이 제법 보인다는 것이다.

─i2i 사랑해요! 일본에 어서 오세요! m(─ ─)m

─일본 진출 하는 거겠죠? 기대합니다! ♥(*´ェ`*)

─이솔 짱 귀여웠어요! 노래도 너무 좋았어요! (∀)

─기타 배우고 싶어졌어요! 지유 짱도 좋지만 이솔 짱도 좋아

졌어요!

　―저는 하나 짱의 팬이에요! 하나 짱도 일본 식도락 방송에 출연해 주세요!

　―김현호우 대표님도 방송 끝에 살짝 잡혔어요! 멋있어요!

　―i2i 일본 환영! (◎⌒ ⌒◎)

입가에 절로 미소가 지어졌다. 반응이 좋아도 너무 좋았다.

"어?"

"왜, 수호야?"

"요코 피디님인데요?"

"받아봐."

"예."

박수호가 전화를 받았다. 그리고 스피커 모드로 전환했다.

　―수호 씨, 마에츠 요코입니다. 김현우 대표님과 통화 가능할까요? 통역 부탁드립니다.

"지금 스피커 모드예요. 그러니까 편하게 말씀하세요, 피디님."

　―네, 감사합니다. 지금 방송국 난리 났어요!

현우가 알아들을 수 있도록 박수호는 서둘러 통역을 했다.

"왜 난리가 났다는 건데?"

"제가 물어볼게요. 피디님, 무슨 일인데 그러시는 거죠? 난리라니요?"

핸드폰 너머 요코 피디가 일본어로 길게 설명해 왔다. 현우는 팔짱을 낀 채로 잠자코 기다리기만 했다. 박수호의 표정이 시시각각 변했다.

"네, 알겠습니다. 피디님, 잠시 통역 좀 할게요."

—죄송합니다. 제가 너무 제 말만 했습니다.

"괜찮습니다. 잠시만 기다리세요. 현우 형님, 지금 후지 TV로 시청자들의 전화가 폭주하고 있다는데요?"

"폭주?"

현우의 한쪽 입꼬리가 살짝 올라갔다.

"솔이에 대해서 시청자들이 전화로 묻고 있답니다. 그리고 언제 또 출연하느냐고 묻는다는데요. 2002년 한일 월드컵 때 데이비드 베컴이 일본을 방문한 이후로 후지 TV에서도 처음 있는 일이라 당황하면서도 흥분 상태랍니다."

"역시."

현우가 씩 웃었다. 이솔은 타고난 아이돌이었다. 노래면 노래, 춤이면 춤 못 하는 것이 없었다. 무엇보다 사람을 끌어당기는 마성의 매력을 가지고 있는 아이였다. 오죽하면 대한민국 부동의 원탑 아이돌 엘시와 비교되겠는가?

"요코 피디님, 김현우입니다. 직접 전화 주셔서 감사합니다."

—아니에요. 저희가 감사할 따름이죠. 저 실례지만 가능하

면 빨리 일본 현지 매니지먼트를 구해주세요. 그리고 i2i 전부 출연할 수 있을까요? 쿠로 씨의 골든 스페셜도 좋고, 겐겐즈 분들의 프로그램도 좋아요.

요코 피디는 어딘지 급해 보였다.

'그럴 만하지.'

요즘 후지 TV의 전체적인 시청률이 하락세라고 알려져 있었다. 이는 후지 TV만의 문제가 아니었다. 한류 열풍에 적극적으로 편승한 일본 내 방송사들은 한류의 기세가 꺾이면서 역풍을 맞고 있는 상황이었다.

한류 열풍의 선봉장에 섰던 후지 TV 입장에서는 이솔과 i2i의 존재가 절실했다.

"멤버들 휴가가 끝나는 대로 최대한 빨리 일본으로 돌아오겠습니다."

ー감사합니다, 대표님. 그럼 또 연락드릴게요. 일본에서 푹 쉬다 돌아가세요.

"수고해요, 요코 피디님."

ー네, 그럼.

통화가 끝이 났다.

"형님 말씀처럼 진짜 대박이 났는데요? 저 갑자기 소름 돋아요."

박수호가 닭살이 돋은 양팔을 현우에게 내보였다.

＊　　　＊　　　＊

"여기야?"

"네. 오사카에서 가장 큰 시장 중의 하나인 흑문시장입니다, 형님."

현우가 흑문시장의 시작을 알리는 입구를 올려다보았다. 하얀색 기와로 된 천장에 빨간 글씨로 '흑문시장'이라고 쓰여 있었다.

"솔이한테 마중 나오라고 할까요?"

"아냐. 천천히 구경하면서 가보지, 뭐."

현우는 박수호와 함께 걸음을 옮겨 흑문시장 안으로 향했다. 시장 안은 관광객과 인근 주민들로 가득했다. 시장 안 좌우로 다양한 상점이 즐비하게 늘어서 있었다.

"생각보다 규모가 큰데?"

"전통 있는 시장이니까요. 저도 와보는 건 처음인데 대단한데요."

해안가 도시인 오사카답게 싱싱한 해산물을 파는 가게가 제일 많이 보였다. 현우와 박수호는 점점 시장 안쪽으로 들어갔다. 중간쯤 들어왔을 때 사람들이 길게 줄을 서 있는 광경이 보였다.

"유명한 곳인가 본데?"

3층짜리 마구로(참치) 가게가 관광객과 인근 주민들로 가득했다.

"미라이시 상회? 잠깐. 여기 솔이네 가게 같은데?"

현우의 눈동자가 커졌다. 오늘 아침 이솔로부터 코코넛 톡이 왔다. 부모님 가게로 초대하고 싶다는 것이다. 그래서 박수호와 함께 오사카를 찾은 현우였다.

"작은 음식점을 한다더니 이게 작아?"

"절대 안 작죠."

흑문시장 내에서 가장 큰 3층짜리 가게였다.

"일단 줄부터 서야겠다, 수호야."

"네, 형님."

관광객들은 주로 해산물을 먹기 위해 가게 안으로 들어갔고, 인근 주민들은 포장을 해가고 있었다.

줄이 반쯤 줄어들었을 무렵 가게 안이 훤히 보였다. 열 명이 넘는 직원이 분주하게 가게 안을 돌아다니고 있었다.

그리고 현우의 눈동자로 자그마한 체구의 소녀가 들어왔다. 이솔이었다. 하얀색 티에 청바지를 입은 이솔이 쟁반을 들고 다니며 분주히 서빙을 하고 있었다.

"효녀네. 안 그러냐?"

"그러네요, 형님."

현우는 절로 웃음이 나왔다. 미라이시 상회라는 한자가 적힌 파란색 두건까지 두르고 참 열심히도 일하고 있었다.

마침내 현우와 박수호가 가게 안으로 들어섰다.

"몇 분이세요? 어, 대표님?"

이솔이 현우를 반겼다.

"그 두건 잘 어울리는데?"

"전화하시지 그랬어요! 많이 기다리셨죠?"

"뭐 당연히 줄을 서야지. 그나저나 장사 잘되네. 가게도 크고."

"네. 헤헤."

이솔이 수줍어하며 대답했다.

"일단 이리로 오세요!"

이솔이 현우와 박수호를 자리로 안내했다.

"우리는 메뉴판 안 주나?"

"여, 여기요!"

얼굴을 붉히며 이솔이 메뉴판을 건네주었다. 한국 관광객들이 많이 찾아오는지 한글과 함께 사진으로 친절하게 설명이 되어 있었다.

"미라이시 상회 한정 스페셜 초특급 마구로 정식. 이걸로 갖다줘."

"네! 잠시만요!"

이솔이 쪼르르 주방 쪽으로 향했다.

"형님, 솔이네 집이 이렇게 큰 가게를 운영하고 있는 줄은 모르셨죠?"

"몰랐어. 그나저나 이 정도 규모면 대단한 거지?"

"검색 좀 해볼게요."

박수호가 핸드폰으로 검색을 시작했다. 그리고 놀랐다.

"80년 된 가게라는데요? 그리고 미라이시 상회가 오사카 지역에선 제법 유명하다네요. 솔이가 완전 부잣집 아가씨였어요."

"그래?"

현우는 새삼 놀랐다. 워낙에 예의가 바르고 인성이 좋은 이솔이었다. 평소에도 부잣집 아가씨라는 티가 전혀 나지 않았다.

잠시 후 현우와 박수호의 테이블로 '미라이시 상회 한정 스페셜 초특급 마구로 정식'이 펼쳐졌다. 테이블이 휘어질 정도였다. 신선한 참치가 부위별로 자르르 윤기를 발했다.

그리고 이솔이 50대 초반의 중년 부부와 함께 나타났다. 현우는 벌떡 자리에서 일어났다.

"어울림 엔터테인먼트 대표 김현우라고 합니다. 솔이의 부모님 되시죠? 처음 뵙습니다."

미리 연습해 간 일본어로 현우가 정중하게 인사를 했다. 샤프한 인상의 이솔의 아버지가 현우에게 악수를 청했다.

"이호석입니다. 솔이에게 이야기 많이 들었습니다. 소속사 대표님이 참 좋은 분이라고 하던데 이거 생각한 것보다 너무 젊어서 질투가 다 납니다. 이래서 아버지한테 전화도 뜸했구나? 하하!"

"아, 아빠! 저, 전화 자주 했잖아요."

이솔이 억울해했다. 현우가 살짝 웃었다. 이솔의 아버지 이호석도 장난기 가득한 미소를 짓고 있었다.

"여기는 제 안사람입니다."

"미라이시 유미입니다. 우리 솔이가 폐는 끼치지 않는지요?"

"전혀요. 솔이는 뭐든 잘합니다, 어머님."

현우의 시선이 미라이시 유미에게로 향했다. 중년임에도 상당히 고왔다. 그리고 어딘지 모르게 이솔과 비슷한 느낌이 났다.

"미인이십니다. 솔이가 어머님을 닮았나 봅니다."

박수호가 얼른 통역을 했다. 미라이시 유미가 입을 가리고 호호 웃었다. 이호석이 자랑스러워하는 얼굴로 입을 열었다.

"사실 이 사람도 어릴 적에 잠깐 연예인 활동을 한 적이 있습니다. 그 슈퍼레인저에 핑크레인저로 출연했습니다."

"아하!"

현우는 진심으로 놀랐다. 슈퍼레인저라면 아직까지도 시리즈물로 나오고 있는 일본의 대표적인 전대물 시리즈였다. 그런데 이솔의 어머니가 초대 슈퍼레인저의 주인공 중 한 명이었다니 신기하고 신선했다.

"호호, 무남독녀 외동딸이라 아버지한테 가게를 물려받아 연예인은 그만뒀지만 그래도 좋은 추억이었어요. 그래서 솔이가 연예인을 하겠다고 했을 때도 반가워했죠."

"그러셨군요."

"우리 솔이는 잘하고 있나요?"

"물론입니다. 한국에서 제일 인기 있는 아이돌 그룹 i2i의 센터니까요. 멤버들 사이에서도 본이 되는 아이입니다. 제가 특별히 걱정할 게 하나도 없어서 아쉬울 정도죠."

현우의 말을 듣고서야 두 부부의 얼굴이 환해졌다. 이미 이솔이 한국에서 큰 인기를 끌고 있다는 것을 두 부부가 모르고 있을 리 없었다. 다만 소속사 대표인 현우에게 확답을 받고 싶은 것이었다.

'이런 게 부모님의 마음이라는 거겠지.'

흐뭇했다. 이솔도 현우에게 고마워하는 표정을 짓고 있었다.

"30분 정도 있으면 가게 문 닫을 시간이에요. 천천히 식사하고 계세요, 대표님."

"예. 그렇게 하겠습니다, 어머님."

"대표님, 필요한 거 있으시면 저를 부르세요."

"오케이."

이솔을 향해 현우가 말했다.

본격적으로 식사가 시작되었다. 가장 비싼 한정 메뉴답게 참치 회가 입 안에서 사르르 녹아내렸다. 곁들여 나온 일본 전통 요리도 그 맛이 훌륭했다.

*   *   *

저녁 8시. 가게 문이 닫혔다. 줄이 길게 늘어서 있었지만 해산물이 떨어져 더 이상 장사를 할 수가 없는 것이다. 가게 안에 미라이시 상회의 모든 직원이 모여 있다.

그리고 현우가 머리를 긁적이며 지금의 상황에 난감해하고 있었다.

이솔의 어머니 미라이시 유미가 현우를 가리켰다.

"여기 이분은 우리 소에 짱의 소속사 대표님이세요. 김현우 대표님이시고 올해 스물여섯 살이라고 하시네요. 여러분에게 꼭 소개해 드리고 싶었어요. 한 가족이나 마찬가지니까요."

직원들이 짝짝 박수를 쳤다.

"어울림 엔터테인먼트의 김현우입니다. 미라이시 상회의 여러 많은 분들을 뵙게 되어 정말 반갑습니다. 오늘 저녁 식사도 덕분에 잘 먹었습니다. 제가 먹어본 일식 중 가장 맛있었습니다."

준비해 놓은 일본어로 현우가 소개를 했다. 나이가 지긋한 주방장이 현우의 손을 꼭 잡았다.

"대표님, 이 노인네를 봐서라도 우리 큰아가씨에게 잘해주십시오. 부탁드리겠습니다."

"아, 예. 물론입니다. 당연하죠, 어르신."

현우는 일일이 미라이시 상회 직원들과 인사를 나누었다. 근데 신기한 게 다들 이솔을 '큰아가씨'라는 호칭으로 부르고 있었다.

"뭔가 조직 같은 느낌인데?"

현우가 조용히 박수호에게 물었다.

"일본의 유명하고 오래된 가게들은 직원들도 대를 이어서 일하거든요. 평생직장 개념이죠. 미라이시 상회가 잘되면 자기들도 잘되는 거나 마찬가지라고 생각해요. 그러니까 당연히 큰아가씨죠, 형님."

"그러냐?"

어쩐지 하나같이 이솔을 잘 부탁한다고 말했다.

더 이야기를 나누고 싶었지만 예상하지 못한 상황이 벌어졌다. 흑문시장 내 상인들이 가게 문을 닫자마자 미라이시 상회로 몰려든 것이다.

순식간에 가게 안이 인근 상인들로 가득해졌다.

"소에 엄마, 우리 아들이 그러는데, 어제인가? 소에가 TV에 나왔다던데, 정말이야?

"네, 맞아요."

"우리 흑문시장에 경사 났네, 경사 났어!"

상인들이 미라이시 부부에게 덕담을 건넸다. 그사이 이솔이 옷을 갈아입고 내려왔다. 상인들의 관심이 온통 이솔에게로 쏠렸다.

"우리 소에 짱, 한국 가서 가수 한다고 하더니 성공해서 돌아왔구나! 장하다! 우리 흑문시장의 자랑이야!"

"이거 이럴 게 아니고 소에 짱을 우리가 알려야 하지 않겠어?"

"그럼, 그럼!"

시장 상인들은 정말로 순박했다. 이솔에게 여러 장씩 사인까지 받고 있었다.

시간이 흘러 이번에는 관심이 현우에게로 모아졌다.

나이가 지긋한 상인이 현우를 향해 입을 열었다.

"젊은이가 소속사 사장이라고? 정말로 맞아?"

"네, 맞습니다."

"이상한데? 모델이나 배우 아니야? 소속사 사장이 인상이 너무 좋아."

"이 사람아, 야쿠자들이 소속사 사장 하던 시절이 아니야. 그리고 이쪽은 한국 소속사 사장이잖아. 실례라고."

"아이고, 그런가? 미안하이."

"아닙니다. 그런 이야기 자주 듣습니다."

현우는 기분 좋게 웃었다.

상인들이 돌아가고 미라이시 부부는 현우를 미라이시 상회가 운영하는 근처 온천 료칸으로 안내했다.

료칸 간판에도 미라이시 상회라는 이름이 걸려 있었다. 짐을 다 풀자 이솔이 방으로 들어왔다.

"대표님, 오늘 고생 많으셨어요."

"고생은 무슨 고생, 재밌었지."

"헤헤, 꼭 대표님을 저희 가게에 초대하고 싶었어요."

"솔이 덕분에 맛난 것도 먹어보고 호강 좀 했네."

"온천욕 하실 거죠? 꼭 하세요. 피로가 확 풀릴 거예요."

"오케이. 솔이가 추천해 주는데 해야지."

현우가 이솔을 따라 방을 나섰다. 복도를 지나 안쪽으로 들어가자 온천탕이 보였다.

"여기예요. 저, 저는 그럼 가볼게요."

"솔이도 오늘 여기에서 묵는 거야?"

"네. 이번 휴가 기간에는 여기서 지내기로 했어요. 저 온천욕 좋아하거든요."

"그렇구나."

"그럼 쉬세요."

이솔이 쪼르르 왔던 길을 되돌아갔다.

허둥지둥하는 모습에 현우가 피식 웃었다.

수건 한 장으로 아래쪽을 가리고 현우는 온천 안으로 들어갔다. 유황 냄새와 함께 뜨거운 수증기가 현우를 집어삼켰다.

피로가 풀리기 시작했다. 천국이 따로 없었다.

$$*\qquad*\qquad*$$

온천욕을 마치고 숙소로 돌아온 현우는 편안한 옷으로 갈아입고 노트북을 펼쳤다. 그리고 어울림 엔터테인먼트 계정 메일에 들어가 보았다.

드르륵.

그때 문이 열리며 이솔이 쟁반에 과일과 간식을 가지고 왔다.

이솔은 유카타 차림을 하고 있었다. 또 온천욕을 했는지 하얀 얼굴에 홍조가 어려 있다. 상당히 귀여웠다. 절로 아빠 미소가 지어졌다.

"대표님, 엄마가 과일이랑 좀 가져다 드리래서……."

"고마워. 혹시 맥주도 가져왔어?"

"냉장고 열어보시면 맥주 있어요."

냉장고를 열었다. 현우가 좋아하는 맥주가 가득 들어차 있었다.

"솔이 네가 준비해 놓은 거지?"

"네."

"역시 솔이다."

현우는 시원한 맥주 캔 하나를 꺼냈다.

"제가 따드릴게요."

현우가 말릴 새도 없이 이솔이 맥주 캔을 땄다.

"고마워, 솔아. 음? 잠깐."

"대표님, 왜 그러세요?"

현우는 노트북 화면을 뚫어져라 쳐다보고 있었다. 이솔이 얼른 현우의 옆으로 앉았다.

"여기 무슨 기획사 같은데 정확히 어디야?"

"어? 여기 하로하로 기획인데요?"

"하로하로 기획?"

"오피스47이 tokyo47을 데뷔시키기 전까지는 일본에서 가장 큰 기획사였어요. 저도 아침의 소녀들 팬이었어요, 대표님."

"그래? 일단 보자."

현우는 메일을 클릭해 보았다. 일본어로 메일이 와 있었다.

영어를 지독하게도 어려워하는 민족다웠다.

"제가 읽어볼게요."

이솔이 메일을 읽어 내려가기 시작했다. 그러다 갑자기 눈을 크게 떴다.

"왜 그래?"

"대표님, 하로하로에서 저희 i2i 현지 매니지먼트를 맡고 싶다는데요?"

"뭐, 그러겠지."

하로하로 기획에서 어울림으로 메일을 보낼 이유는 사실 뻔했다. 그랬기에 현우는 그다지 놀라지 않았다.

"계, 계약금으로 10억 엔이나?"

"10억 엔?!"

현우는 빠르게 머리를 굴렸다. 순간 현우는 숨이 턱 멎는 것 같았다.

"100억? 100억인데?"

"네?!"

현우와 이솔은 서로를 보며 입을 다물지 못했다.

그리고 다음 날부터 기다렸다는 듯 일본 음반사와 기획사에서 연락이 오기 시작했다.

처음 연락이 온 하로하로 기획에 이어 유니버설 뮤직 제팬, 아이펙스, 소니뮤직에서 i2i의 현지 매니지먼트 계약을 맺고

싶다고 일제히 메일을 보내왔다. 그리고 현우는 행복한 고민
에 휩싸였다.

*　　　*　　　*

현우가 미라이시 상회에서 운영하는 온천에 머물게 된 지
도 어느덧 삼 일이나 흘렀다.

"후우, 피곤해 죽겠네."

뜨거운 온천물이 피로를 중화시켜 주고는 있었지만 삼 일
동안 하루에 평균 세 시간도 잠을 잘 수가 없었다. i2i의 현지
매니지먼트를 맡고 싶다고 연락을 해온 일본 음반사들에 대
한 정보를 파악하고 또 미팅을 가져야 했기 때문이다.

다행히도 손태명이 빠르게 관련 자료들을 보내왔고, 현우는
어느 정도 정보를 파악한 상태에서 미팅을 가질 수 있었다.

드르륵.

눈이 감기려는 찰나 전화가 왔다.

"응, 태명아."

─오늘 오후 2시에 마지막 미팅 있지? 근데 너 설마 자고 있
었어?

"그럴 리가. 온천탕에 들어와 있어. 깜빡 졸기는 했다만."

─팔자 좋네, 김현우.

"농담이라도 그런 이야기하지 마라. 그나저나 네 생각은 어때?"

―하로하로 기획?

"그래, 하로하로 기획 말이야."

―확실히 아직도 의외이긴 해. 자존심 강한 일본 기획사에서 우리 아이들 매니지먼트를 맡고 싶다고 연락이 온 거잖아. 혹시 모르니까 다른 꿍꿍이가 있나 잘 파악해 봐.

"당연하지. 걱정 마. 그나저나 유희, 드라마는 언제 들어가는 거야?"

―빠르다 싶으면 다음 주 내로? 어쩌면 더 당겨질 수도 있어.

"오케이. 알았어. 미팅 다녀와서 연락할게."

―그래, 수고해라.

통화를 끝내고 현우는 방으로 돌아왔다. 와이셔츠부터 시작해 슈트 상하의가 깔끔하게 다려져 옷걸이에 걸려 있다. 이솔의 솜씨였다.

"세탁소에 맡기라니까 뭐 하러 힘들게……."

"형님!"

"어, 왔냐? 오전 수업만 듣고 온 거지?"

"오후 수업이 있긴 한데 이번 미팅보다 중요한 일은 없죠, 형님."

이제는 박수호도 어울림 식구나 마찬가지였다.

뒤이어 다다미 문이 열리고 이솔이 방으로 들어왔다. 이솔도 만반의 준비를 갖춘 상태였다. 나팔 스키니 진에 검은색 폴라 티, 그리고 김은정에게 어깨너머로 배운 화장도 훌륭했다.

"솔이, 준비됐어?"

"네. 저 막 설레요."

이솔이 들떠 있었다. 어릴 적 하로하로 기획 소속 가수 아침의 소녀들을 좋아하던 이솔이다.

귀엽다는 생각이 들어 현우는 피식 웃었다.

"좋아, 그럼 마지막 미팅을 하러 가보자."

＊　　　　＊　　　　＊

도쿄 제1 패션의 거리라 불리는 하라주쿠의 중심부 거리에 10층짜리 빌딩이 우뚝 서 있다. 빌딩 전면에는 거대한 현수막이 걸려 있었다. 하로하로 기획을 상징하는 아이돌 그룹 '아침의 소녀들'의 현수막이었다. 1990년대 중반부터 2000년대 중반까지 엄청난 인기를 끌었던 '아침의 소녀들'은 현재 6기 멤버 17명이 활동하고 있었다.

현우는 물끄러미 현수막을 올려보았다. 멤버들에 대해서는 잘 알지 못하지만 i2i의 멤버들과 연령대가 비슷해 보였다.

'주력 그룹을 가지고 있으면서도 우리 i2i를 영입하고 싶다?'

궁금한 게 많았다. 현우는 천천히 빌딩 안으로 들어섰다. 하로하로 기획의 주요 인사들이 벌써 마중을 나와 있었다. 현우의 시선이 샤프한 인상의 40대 사내에게로 향했다. 머리를 길게 길러 얼핏 보면 비주얼 밴드의 보컬 같은 느낌이 났다. 그가 환하게 웃으며 현우에게 다가왔다.

"잘 오셨습니다. 하로하로의 대표이자 프로듀서 고쿠입니다."

"어울림 엔터테인먼트의 김현우입니다. 명성은 익히 들어왔습니다, 고쿠 선생님."

"선생님이라니요. 편하게 고쿠 씨라고 불러주시면 됩니다."

"그럼 그렇게 하겠습니다."

샤프한 인상만큼이나 부드럽고 지적인 사내였다.

'하긴 그러니까 젊은 나이에 일본 가요계를 평정했겠지.'

어쩌면 이 고쿠라는 사내의 현재가 현우의 미래가 될 수도 있었다.

"저희 회사 구경 좀 시켜드리겠습니다. 아, 자랑은 아닙니다. 혹시 오해하실까 봐서요."

"아닙니다. 저도 자랑하려고 솔이를 데리고 오지 않았습니까?"

현우가 가볍게 농담을 건넸다. 이솔을 발견한 고쿠가 화들짝 놀랐다.

"아, 제가 큰 실례를! 이솔 양, 반가워요. 영광입니다."

"i2i의 이솔입니다, 고쿠 프로듀서님."

"그래요. 얼마 전에 방송 잘 봤습니다. 다들 대단하다고 생각했습니다. 그렇지 않아요?"

고쿠가 주변 임직원들을 둘러보며 물었다. 임직원들이 고개를 끄덕였다. 이솔을 바라보는 고쿠의 표정이 몽롱했다. 마치 보물을 보고 있는 것 같았다.

"부럽습니다. 이솔 양을 데리고 있다니요. 정말 아이돌 그 자체입니다."

"제가 운이 좋았죠."

현우가 빙그레 웃었다.

"그 운이 연예 기획사의 전부라고도 할 수 있죠, 김현우 대표님."

"하하, 저도 고쿠 씨의 말씀에 공감합니다."

"저 역시 한때는 김현우 대표님처럼 운이 좋던 시절이 있었습니다. 지금은 그 운이 김현우 대표님에게 다 몰려간 모양입니다."

고쿠는 분명 웃고 있었지만 어딘지 씁쓸해 보였다.

현우는 그 이유를 알고 있었다. 그럴 만도 했다. 신생 기획사 오피스47이 몇 년 전에 tokyo47을 데뷔시키면서 하로하로 기획 소속 아침의 소녀들은 퇴물이라는 조롱을 받고 있었다. 유닛 그룹을 발매하고 일본 연예계의 흐름에 맞추어 아키하바라 돌들을 연이어 내놓고 있었지만 번번이 실패하고 있는 상황이었다.

아침의 소녀들 6기 멤버들은 역대 최약체라 평가받고 있었고, 일본 방송사들의 주요 인기 프로그램에는 tokyo47에 밀려 출연조차 못하고 있었다.

"귀한 손님이시니 직접 회사 소개를 해드리겠습니다. 저를 따라오시죠. 여러분은 일터로 돌아가세요. 저 혼자서도 충분합니다."

마중을 나온 임직원들이 고개를 숙여 보인 후 각기 다른 곳으로 흩어졌다.

"따라오시죠. 보여 드리고 싶은 것이 있습니다."

승강기를 타고 3층으로 올라갔다. 3층 전체가 거대한 연습실로 꾸며져 있었다. 현우가 봐도 감탄이 나올 정도였다. 투명 유리 너머로 100명이 넘는 연습생이 안무 연습을 하고 있었다.

지문 인식 버튼을 누르고 연습실로 들어갔다. 연습생들은 고쿠와 현우 일행이 들어온 것도 모르고 연습에 열중하고 있었다.

현우는 천천히 연습생들을 살펴보았다. 연령대가 상당히 어려 보였다. 그중에는 초등학교 저학년으로 보이는 연습생도 제법 많았다.

"어떻습니까?"

"솔직히 놀랐습니다. 이 정도 시스템에 연습생도 많고 확실히 체계적이군요."

"겉만 그럴듯합니다."

무심코 내뱉는 고쿠의 평에 현우는 아무런 대답도 할 수가 없었다. 그때 고쿠가 박수를 쳤다. 연습 중이던 연습생들이 일제히 고개를 돌렸다.

"자, 여러분! 오늘은 특별히 한국에서 손님들이 오셨습니다! 여기 이 잘생긴 분은 한국 어울림 엔터테인먼트라는 기획사의 김현우 대표님이십니다!"

"안녕하세요!"

입을 맞춘 듯 연습생들이 인사를 해왔다. 현우는 살짝 웃으며 손을 흔들어주었다. 그리고 고쿠가 손으로 이솔을 가리켰다. 연습생들이 놀란 표정을 했다. 어떤 연습생은 대놓고 꺅 비명을 질렀다.

"그렇습니다. 한국 최고 아이돌 그룹 i2i의 센터 이솔 양입니다. 여러분도 잘 알고 있죠?"

"네!"

연습생들이 호기심 반, 설렘 반으로 이솔을 쳐다보고 있다. 이솔이 헤헤 웃으며 푹 고개를 숙였다.

"이솔입니다! 하로하로의 연습생 여러분, 반갑습니다!"

누가 시키지도 않았는데 박수가 쏟아졌다. 연신 귀엽고 예쁘다는 소리가 나왔다.

"김현우 대표님."

"네, 말씀하시죠."

"솔직한 평가를 부탁드리고 싶습니다."

고쿠의 말이 끝나자마자 연습실로 음악이 울려 퍼졌다. 순간 현우와 이솔이 서로를 바라보았다. 프로듀스 아이돌 121의 메인 단체곡이던 It's Me의 전주였다.

'평가라……'

고쿠의 의도를 아직은 알 수가 없었지만 현우는 팔짱을 끼고 차분히 하로하로 연습생들의 무대를 지켜보기로 했다. It's Me는 힘이 넘치고 절도 있는 동작이 핵심인 곡이다. 동작이 크기 때문에 완벽한 호흡이 중요했다.

하로하로의 연습생들이 전주에 맞춰 춤을 추기 시작했다. 제법 연습을 많이 했는지 보컬 파트도 구분해서 소화하고 있었다. 그렇게 3분이라는 시간이 흐르고 연습생들이 무대를 끝마쳤다. 고쿠가 박수를 치며 연습생들을 칭찬했다. 그리고 연습생들을 뒤로한 채 연습실 내 자그마한 사무실로 현우 일행을 안내했다.

소파에 앉자마자 고쿠가 곧바로 현우를 쳐다보았다.

"어떠셨습니까? 솔직하게 말씀해 주시면 감사하겠습니다. 부탁드리겠습니다."

현우가 박수호를 쳐다보았다.

"형님, 고쿠 씨께서 부탁하시니 그렇게 하시죠."

박수호가 조용히 속삭였다. 현우가 고개를 끄덕였다.

"죄송한 말씀이지만 기획사 대표로서 솔직하게 평가하자면 WE TUBE에 가끔 올라오는 커버 영상과 별 차이가 없는 것 같습니다."

i2i를 좋아하는 일반 팬의 수준이라는 평가였다. 실제로 현우는 하로하로 연습생들의 무대를 보며 그 어떠한 감흥도 느끼지 못했다.

"구체적으로 말씀을 부탁드리겠습니다."

"음, 흉내를 내는 것 같은 느낌이 들었습니다. 안무는 둘째 치고 리듬감이 전부 제각각이었습니다. 군무라고 보기에는 무리가 있습니다."

순간 고쿠의 얼굴이 밝아졌다.

"역시 한국에서 신흥 강자로 평가받고 있는 어울림 엔터테인먼트의 대표님답군요. 대표님도 저와 같은 생각을 하고 계실 줄 알았습니다. 하하하!"

고쿠가 쾌활하게 웃었다.

'뭐야? 웃어?'

현우는 황당했다. 연습생들이 박한 평가를 받았다. 그런데도 고쿠는 오히려 자신과 생각이 같다며 기뻐하고 있다.

그리고 어느새 고쿠의 표정이 싹 바뀌어 버렸다. 더없이 진지한 분위기로 고쿠가 이솔을 쳐다보았다.

"이솔 양은 일본의 아이돌과 다릅니다. i2i의 다른 멤버들도 마찬가지입니다. 근본적으로 일본의 아이돌과 다릅니다."

"그렇습니까?"

"확실한 사실입니다. 한국 아이돌에겐 일본 아이돌이 가지고 있지 못한 리듬감이라는 것이 있습니다. 그리고 성대의 모양도 다르죠. 마치 흑인과 같이 두껍습니다. 근본적으로 체질이 다르다는 겁니다."

현우는 조용히 고쿠의 말을 경청했다.

"일본 기획사 대표의 입장에서 처음 뷰티와 걸즈파워가 일본에 진출했을 때 저는 반드시 성공할 것이라고 예상했습니다. 그리고 그 예상은 맞아떨어졌습니다. 그리고 지금 일본 기획사 관계자들은 이솔 양을 보고 겁을 먹은 상태입니다."

"겁이라……."

일본 연예계에서 미다스의 손이라고 불리던 고쿠가 겁을 먹었다는 말을 스스럼없이 꺼내놓고 있다.

"이제는 누구도 부인할 수 없을 정도로 격차가 벌어진 겁니다. 일본에서 이솔 양 정도의 퍼포먼스적인 재능과 보컬 능력을 가지고 있는 가수는 아티스트로 분류합니다. 하지만 이솔 양은 한국에서는 아이돌 포지션입니다. 그렇지 않습니까?"

현우는 조용히 고개를 끄덕였다. 고쿠의 말은 일리가 있었다.

"쉽게 말해서 우타다 히카루 같은 일본 아티스트가 한국에서는 아이돌로 열세 명씩 활동하고 있는 거나 마찬가지라는 겁니다."

"그렇다면 그 원인을 뭐라고 보십니까?"

듣기만 하던 현우가 질문을 던졌다.

"일본에서는 아이돌을 희극인 개념으로 생각합니다. 아티스트로서 아이돌이 되는 것을 창피하게 생각합니다. 하지만 한국은 아이돌이 아티스트로 발전하는 경우가 많습니다. 음악적 노력과 공부를 게을리 하지 않죠."

한국의 많은 기획사에선 음악적 재능이 있는 아이돌 멤버들에겐 전폭적인 지원을 아끼지 않는 편이다. 현우 역시 송지유와 이솔에게 음악적인 지원을 아끼지 않고 있었다.

"김현우 대표님께서 본격적인 일본 진출을 모색하고 있다는 이야기를 듣고 확신이 들었습니다. 제 생각이 맞는다면 이솔 양과 i2i는 일본 가요계를 바꾸어놓을 겁니다."

"섣불리 단정 짓는 건 아닙니까?"

"아뇨. 아닙니다. i2i는 다릅니다. 이솔 양이 있지 않습니까?"

현우가 조용히 웃었다.

'확실히 안목이 있구나.'

역시 보통 인물은 아니라는 생각이 들었다. 현우가 과거로 돌아오기 전 이솔은 일본에서 싱어송라이터로 활동하며 우타다 히카루나 아무로 나미에를 뛰어넘었다는 평가를 받았다. 한국과 중국 등 아시아에서 큰 인기를 끌기도 했다.

"그리고 일본 가요계는 지금 서서히 한국 아이돌의 영향을 받고 있습니다. 신인 아이돌 중에는 한국 아이돌을 따라 하는 그룹도 많습니다. 초등학교나 중학교만 가 봐도 여학생들은 한국 아이돌에 더 열광하지 더 이상 로리타 콘셉트의 일본 아이돌에게는 관심이 없습니다."

옆에서 박수호가 고개를 끄덕였다. 일본 현지 대학교를 다니고 있는 박수호도 이러한 현실을 체감하고 있었다. 학교 축제나 댄스 동아리에서 일본의 젊은 여성들은 한국 아이돌을 따라 하는 경우가 흔했다.

"지금은 tokyo47이 인기를 끌고 있지만 시간이 지날수록 서서히 그 흐름은 한국 아이돌 성향으로 바뀔 거라고 생각합니다."

"그럼 연습생들에게 프아돌의 단체 곡을 연습시키신 것도 그런 의미인 겁니까?"

"그렇습니다. 저희 하로하로의 연습생들은 한국 아이돌처럼 트레이닝을 받고 있습니다. 하지만 힘들더군요. 대부분 따라가지를 못합니다. 그리고 K—POP 수준으로 트레이닝을 할 수 있는 전문 인력도 부족합니다. 노하우를 단기간에 따라잡을 수는 없으니까요."

"그래서 저희 i2i의 매니지먼트를 맡고 싶다고 연락을 주신 거군요."

"그렇습니다. 지금 저희 하로하로는 아침의 소녀들을 비롯해 소속 그룹이 모두 부진한 상황입니다. 하로하로를 대표할 새 얼굴이 절실하게 필요한 상황입니다. 그리고 김현우 대표님과 어울림 엔터테인먼트를 통해 한국 아이돌 시스템과 노하우를 배우고 싶습니다. 또 서로 간의 오디션 네트워크를 공유하고 싶습니다. 이제는 일본 아이돌도 한국 아이돌처럼 발전해야 할 때가 왔다고 생각합니다. 그러기 위해서는 어울림 엔터테인먼트의 도움이 필요합니다."

"무슨 말씀인지 잘 알겠습니다."

현우는 생각에 잠겼다.

고쿠의 말인즉슨 i2i를 통해 두 마리 토끼를 다 잡겠다는 것이다. 첫째는 tokyo47에 밀린 일본 가요계 정상의 자리를 i2i를 통해 되찾겠다는 것이고, 두 번째로는 i2i의 현지 매니지먼트를 담당하면서 어울림 엔터테인먼트와 협약을 맺어 한국의 아이돌 트레이닝 시스템을 익히고 한국에서 재능이 있는 여자 아이들을 발굴하겠다는 것이다.

'그래서 100억이나 되는 계약금을 제시한 거였어.'

걸즈파워가 일본 진출을 했을 때 받은 계약금의 세 배나 되는 어마어마한 액수였다.

'……'

현우는 조용히 생각에 잠겨 있었다.

접촉을 해온 많은 유명 음반사 중에서 가장 좋은 조건을 제시한 쪽도 하로하로 기획이다. 그래서 현우는 마지막 미팅으로 하로하로 기획을 선택했다.

현우는 며칠 내내 왜 100억이나 되는 어마어마한 액수를 제시했는지 의문이 들었다. 하지만 고쿠를 만나 대화를 나눈지 30분도 안 되어 판단이 섰다. 고쿠는 현우만큼이나 i2i의 일본 진출 성공을 확신하고 있었다. 또한 한국 아이돌 시스템을 들여와 다시금 재기를 꿈꾸고 있었다.

고쿠는 초조한 얼굴로 현우가 뭐라 말을 꺼내기를 기다리고 있었다. 반면 현우는 장고에 장고를 거듭했다.

걸즈파워 등 일본에 진출한 많은 한국 아이돌은 대부분 유니버설 뮤직 제팬 쪽과 계약을 맺고 있었다. 음반 유통과 콘서트 개최에 있어 확실한 유통망과 인프라를 가지고 있기 때문이다.

그리고 한국 기획사들은 그 음반사들을 통해 무시하지 못할 수익을 올리고 있었다. 하지만 부작용도 존재했다. 한류를 싫어하는 일본 사람들은 한국 아이돌이 콘서트만 고집하며 일본에서 돈만 벌어간다는 편견을 가지고 있었다.

뷰티가 일본에서 사랑받는 이유는 의외로 단순했다. TV 프로나 지역 행사 등 곳곳에서 쉽게 만나볼 수 있다는 사실 때문이었다. 현우도 뷰티의 성공 요인을 철저한 '눈높이 맞춤' 전략에서 비롯되었다고 생각하고 있다.

'i2i에 걸즈파워의 아티스트적인 면모와 뷰티의 아이돌적인 면모까지 더할 수만 있다면 분명 일본에서 더 큰 인기를 끌 수 있을 거야.'

그러기 위해서는 일본 현지 연예계의 사정에 능통한 파트너가 필요했다.

'조건도 하로하로 기획 쪽이 훨씬 좋아. 고쿠라는 사람도 솔직한 것 같고.'

그간 만난 유명 음반사 관계자들은 현우를 철저하게 아래로 내려다보고 있었다. 하지만 고쿠는 달랐다. 솔직하게 모든 것을 털어놓고 한국의 아이돌 시스템과 노하우를 배우고 싶다며 도움까지 요청하고 있다.

'더 고민해 봤자 달라지는 건 없을 테지.'

생각을 정리한 현우는 고쿠를 물끄러미 쳐다보았다.

"결정을 내리셨습니까?"

"그렇습니다, 고쿠 씨. 저희 i2i 일본 현지 매니지먼트는 하로하로 기획으로 정하겠습니다. 대신 음반 제작과 현지 매니지먼트 세부 사항과 스케줄은 저희 어울림 엔터테인먼트에서 결정을 내리고 싶습니다."

사실상 일본 활동의 굵직굵직한 사안들은 어울림에서 최종 결정 하겠다는 말이다. 그럼에도 고쿠는 현우의 결정을 반겼다.

"잘 생각하셨습니다, 김현우 대표님. 우리 잘해봅시다. i2i는 일본에서 전설을 써나갈 겁니다. 그리고 저희 하로하로 기획도 최대한 돕겠습니다."

"감사합니다. 저희 어울림 엔터테인먼트도 하로하로 기획의 프로젝트에 적극 협조하겠습니다. 자세한 계약 사안과 세부 조항은 시간을 두고 신중히 조율하도록 하는 것이 어떻겠습니까?"

"좋습니다."

대화를 마친 현우는 고쿠와 서로 손을 굳게 맞잡았다.

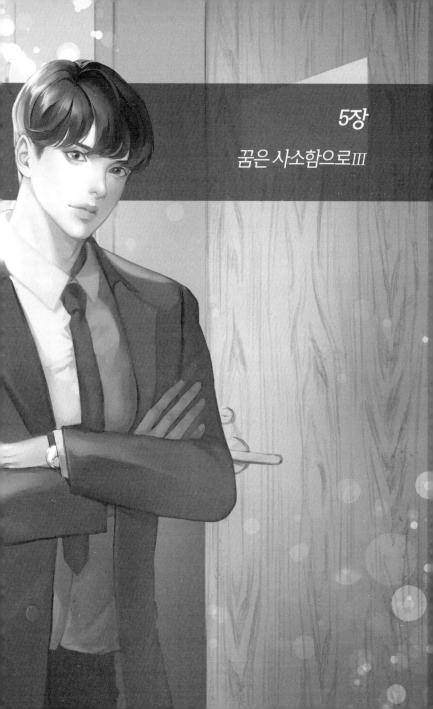

5장

꿈은 사소함으로Ⅲ

[국민 아이돌 i2i, 일본 진출 하나?]

[i2i 일본 진출에 일본 연예계 초긴장 상태!]

[후지 TV 출연 i2i 이솔, 일본에서 인기 급상승 중?]

[i2i, 일본 거대 기획사 하로하로 기획과 손잡나?]

11주 연속 1위를 기록하며 가요계의 정상에 우뚝 선 i2i가 일본 진출을 앞두고 있다. 어울림 엔터테인먼트는 보도 자료를 통해 일본 거대 기획사 하로하로 기획과 현지 매니지먼트 계약을 앞두고 있다고 전해왔다. 하로하로 기획은 일본의 전설적인 아이돌 그룹 '아침의 소녀들'이 소속된 기획사로, 프로듀서이자 대표이사인 마토 고쿠 또한 일본 내에서 큰 영향력을 가지고 있다고 평가되고 있다. 글로벌 음반사가 아닌 일본 현지 기획사를 선택한 어울림 엔터테인먼트의 행보가 어떤 결과를 불러올지 많은 연예계 관계자들의 이목이 쏠려 있다.

"으음."

핸드폰 화면 속의 기사를 확인한 현우는 턱을 쓰다듬었다. 오늘 오전, 어울림에서는 대대적으로 보도 자료를 뿌렸다. 그러자 연예 매체마다 다양한 기사들을 쏟아내고 있었다.

대중들의 반응도 즉각적이었다. 벌써 많은 댓글이 실시간으로 달리고 있었다. 대체적으로 일본 진출을 응원하는 글이 압도적으로 많았다. 하지만 일본 현지화 전략에 대한 우려를 나타내는 팬들도 존재했다.

─일본 아이돌처럼 똑같이 활동하겠다는 거네. 생각 잘한 듯.
─하로하로면 엄청 큰 데 아닌가?
─S&H랑은 정반대로 일본 진출 하겠다는 건데?
─갓부기가 일본에서 인기 많다니까 좋긴 좋은데 질투 난다.
─뷰터처럼 일본에서만 활동하는 거 아님? ㅠㅠ
─일본 현지화 전략이 좋기는 한데 왠지 서운.
─한국 활동도 많이 좀 해주세요, 대표님. ㅜ

─뷰티처럼 일본 활동만 ㄴㄴ

　파인애플 뮤직의 뷰티는 아예 일본 활동에만 주력하고 있는 상황이었다. i2i를 사랑해 주는 팬들이 이러한 우려를 가지고 있는 건 당연했다.

　'하지만 나에게도 다 계획이 있지.'

　현우는 조용히 웃었다.

　현우는 지금 오사카 간사이공항에 있었다. 배웅을 한다며 따라온 이솔은 소녀 팬들에게 둘러싸여 열심히 사인을 해주고 또 사진도 찍어주고 있었다.

　"형님, 늘 그렇지만 이번에도 아쉽네요."

　박수호가 아쉬워하는 표정을 짓고 있다. 현우가 피식 웃었다.

　"앞으로 일본 올 일이 많아질 거야. 그때는 질리게 보게 될 거다."

　"하하, 저는 그게 더 좋아요. 하아, 빨리 대학 졸업하고 어울림에서 정식으로 일하고 싶네요, 형님."

　"공부 열심히 해. 일본 연예계 공부하는 것도 게을리 하지 말고."

　"당연하죠. 제 목표가 어울림 엔터테인먼트 일본 대표이사인데요?"

"대표이사? 야망이 큰데?"

현우가 박수호의 어깨를 두들겼다. 그 사이 이솔이 현우의 옆으로 와 앉았다.

"대표님, 아쉬워요. 아빠랑 엄마도 며칠 더 쉬고 가서도 된다고 했는데."

이솔이 잔뜩 풀이 죽어 있었다. 하로하로 기획과의 미팅이 불과 어제였다. 현우가 슬쩍 고개를 숙여 이솔과 눈동자를 마주했다.

"미안. 회사 일이 많이 밀렸어. 다음에 시간 내서 멤버들이랑 다 같이 놀러 오는 건 어떨까? 괜찮은 생각이지?"

"네."

이솔이 헤헤 웃어 보였다.

"형님, 비행기 시간 다 됐는데요?"

"오케이. 이제 슬슬 가야겠다."

캐리어 손잡이를 쥔 채로 현우가 일어났다. 박수호와 이솔이 현우를 졸졸 따라왔다.

"용돈 해라."

현우가 돈 봉투를 품에서 꺼내 박수호에게 내밀었다.

"형님, 또 왜 이러세요?"

"너도 우리 어울림 식구잖아. 형이 너만 두고 한국 가는 게 마음에 걸려서 그래. 많이는 안 넣었으니까 부담 갖지 말고."

"…형님, 감사합니다."

박수호가 꾸벅 인사를 했다. 돈보다는 현우의 마음씀씀이가 더 고마웠다.

"솔이도 부모님한테 용돈 드려. 부모님이 기뻐하실 거다."

"저 돈 있어요!"

"있기는. 아직 정산도 안 해줬는데? 다른 멤버들한테도 이미 다 줬어. 그러니까 부담 가질 필요 없다."

"감사합니다."

이솔이 현우가 건넨 돈 봉투를 두 손으로 소중히 받아 들었다.

"저… 대표님, 집 주소 코코넛 톡으로 남겨주세요."

"우리 집 주소?"

"네. 엄마가 대표님한테 감사하다고 해산물 보내 드리고 싶대요."

"아, 그래? 좋지. 꼭 감사하다고 말씀드려 줘."

"네. 수호 오빠, 오빠도 집 주소 남겨주세요."

"나, 나도?"

박수호의 입이 귀에 걸렸다. 미라이시 상회는 오사카에서도 최상등급의 해산물을 거래하기로 유명한 곳이었다.

"간다. 수호는 연락 자주 하고, 솔이는 남은 휴가 잘 즐기다가 와."

"네, 형님."

"들어가세요, 대표님."

이솔과 박수호를 뒤로하고 현우가 서서히 시야에서 사라졌다.

*   *   *

한국에 도착하자마자 기분 좋은 소식이 현우를 기다리고 있었다.

[그그흔' 누적 관객 900만 돌파!]

[한국 멜로 영화 최초로 천만 금자탑 달성하나?]

[도무지 꺼지지 않는 '그그흔 열풍', 웰 메이드 영화의 위력은 어디까지?!]

[송지유! 음원 다운로드 신기록에 이어 천만 배우 명성까지 얻나?]

온 세상이 시끌벅적했다. '그와 그녀의 흔한 첫사랑'이 드디어 900만을 달성했다. 영화가 개봉된 지 제법 시간이 흘렀지만 영화계 관계자들은 천만을 달성할 수도 있을 것이라며 기대를 걸고 있었다.

'어쩌면 가능한 이야기일 수도.'

현우는 내심 기대하고 있었다. 멜로 영화의 특성상 다른 장르의 영화보다 개봉 기간이 조금 더 길었다. CV E&M 측에서도 상영관을 100개 정도만 줄이며 최대한 지원하고 있는 실정이었다.

공항을 빠져나온 현우는 집으로 가지 않고 곧장 어울림으로 향했다.

딸랑.

사무실 문을 열고 들어가자 이혜은이 출근해 있었다.

"대표님, 일본 출장 잘 다녀오셨어요? 선물 사오셨네요?"

이혜은이 현우의 손에 들려 있는 면세점 쇼핑백에서 눈을 떼지 못하고 있다. 현우는 픽 웃으며 쇼핑백 하나를 건넸다.

"간단한 간식거리 위주로 사왔어요."

"잘 먹을게요, 대표님."

"그래요. 근데 태명이는요?"

손태명의 자리에 겉옷만 덩그러니 걸려 있다.

"대표실 소파에서 주무시네요. 밤새 회사에서 일하신 것 같아요."

"그래요?"

현우가 대표실 문을 열고 들어갔다. 손태명이 때마침 부스스 소파에서 일어났다.

"밤새웠냐?"

"응. 하로하로 쪽이랑 조율할 게 좀 많았어."

"어때? 조건들은 나쁘지 않지?"

"괜찮더라고. 근데 협업 관련 계약 사항들이 까다로워. 자기네 소속사 연습생 몇 명을 우리 어울림으로 유학까지 보내겠다고 하는데?"

"고쿠 씨가 강력하게 원했어. 우리 쪽에서도 최대한 편의를 봐줘야지."

"하긴 계약금으로 100억이나 받는데 이런 고민을 하는 내가 웃기지. 일본 다녀오느라 고생했다, 김현우."

"너도 나 없이 회사 일 보느라 고생 많았다."

"확실히 네가 없으니까 피곤하긴 하더라. 근데 현우야."

손태명이 옷매무새를 바로 했다. 그리고 사뭇 진지한 얼굴을 했다.

"계약금 받으면 구체적인 계획은 있어?"

"저축해 둬야지. 자금이 더 모이면 회사 건물을 사던지, 아니면 앞 공터 쪽 땅을 사서 건물을 올리던지 할 생각이야."

손태명이 고개를 끄덕거렸다. 그리고 흡족한 표정을 지었다.

"훌륭해, 김현우."

"그럼 내가 뭐 사치라도 부릴 줄 알았냐? 그런 건 관심 없어."

"내가 널 선택하길 잘한 것 같다. 일 많은 것만 빼면."

"하로하로 쪽이랑 계약서 작성 끝내면 며칠 휴가 줄 테니까 좀 쉬던지."

"그래, 그래야겠어. 근데 현우야, 하로하로 쪽이 조금 곤란한 눈치야."

"나도 알고 있어."

하로하로 기획이 경쟁자들을 물리치고 i2i의 현지 매니지먼트를 따냈다는 소식은 일본 연예계를 비롯해 일본 대중들에게도 빠르게 알려졌다.

문제는 일본 연예계 쪽이었다. tokyo47의 소속사인 오피스47과 몇몇 대형 연예 기획사들이 하로하로 기획의 결정을 비난하고 있었다.

대다수의 일본 대중들은 크게 관심이 없었지만 tokyo47의 팬들이나 일본 아이돌 그룹을 좋아하는 팬들 또한 돌을 던지고 있었다. 심지어 자신들이 좋아하는 아침의 소녀들을 버렸다며 그 팬들까지 등을 돌린 상태였다.

"어떻게 생각해, 현우야?"

"고쿠 씨가 그랬어."

"뭐라고?"

"일본 쪽 기획사들이 i2i를 보고 겁먹었다고 말이야."

"그래?"

"생각을 해봐. 뷰티나 걸즈파워보다 우리 아이들이 훨씬 더 월등해. 후지 TV에 솔이가 출연해서 이틀 동안이나 일본 포털 검색어 1위를 기록하기도 했어. 그런데 그런 우리가 하로하로 기획이랑 손을 잡은 거야. 그러니까 당연히 두려운 거지."

현우가 쓰게 웃으며 말했다.

이것뿐만이 아니었다. 일본 대형 기획사들은 하로하로 기획이 어울림 엔터테인먼트와 대대적인 협업 계약을 맺었다는 사실에 더 비난을 쏟아내고 있었다. 일본 아이돌은 일본 아이돌이고, 한국 아이돌은 한국 아이돌이다. 굳이 한국 아이돌을 따라갈 필요가 없다는 것이 다른 일본 기획사들의 논지였다.

"하로하로 기획은 한때 일본을 대표하는 기획사였어. 아침의 소녀들도 마찬가지지. 그래서 더 자존심이 상했을 거야. 그것도 상당히."

"일본 활동이 왠지 순탄치 않을 것 같다는 느낌이 든다, 현우야."

"텃세가 심해질 거야. 뷰티나 걸즈파워가 글로벌 음반사를 배경으로 두고 해외 아티스트 포지션에서 활동했다면, 우리 i2i 아이들은 대놓고 일본 시장에 뛰어든 셈이니까."

"넌 걱정 안 되냐?"

"별로. 하로하로에서도 확실히 지원해 준다고 약속했어. 그리고 말이야, 인기 앞에 장사 없어. 너도 잘 알잖아."

"누구 덕분에 누구보다도 잘 알고 있지."

손태명도 현우를 따라 빙그레 웃었다.

*   *   *

"대표님, 준비 다 됐는데 보시겠어요?"

어울림의 단골 뷰티숍인 청담동 몽마르트의 여자 원장이 현우에게 물었다. 소파에 앉아 있던 현우가 고개를 끄덕였다.

"기대되는데요, 원장님?"

"호호, 일단 직접 보세요."

원장이 자줏빛 커튼을 좌우로 열었다. 그와 동시에 현우의 눈동자가 커졌다.

"어! 어?"

커피 트레이를 들고 막 들어온 김철용도 입을 떡 벌어졌다.

"이, 이상하죠, 대표님? 철용아, 어때?"

"누님, 최고입니다! 이렇게 분위기가 싹 바뀔 수도 있구나!"

김철용이 잔뜩 흥분해 대답했다. 현우도 소파에서 일어나 천천히 박수를 쳤다. 서유희의 변신은 대성공이었다.

길게 기른 생머리를 조금 자르고 굵직한 웨이브를 넣었다. 그리고 붉은빛이 감도는 와인 칼라로 염색까지 했다. 메이크업도 기존과는 전혀 다르게 방향을 잡았다. 레드 계열의 립을 바르고 특히 눈 화장에 공을 들였다. 음영으로 눈매에 깊이를 더하고 오렌지 빛이 감도는 섀도를 포인트로 발랐다. 무엇보다 진한 아이라인이 눈에 띄었다.

옷차림도 예사롭지 않았다. 재벌가 며느리라고 불릴 정도로 세련된 올 블랙의 세미 정장을 갖춰 입었다.

우아한 악녀 느낌이 물씬 풍겼다.

"유희야."

"네, 오빠."

"연민정 대사 한번 읊어볼래?"

"자, 잠시만요."

서유희가 곧장 감정을 잡고 두 눈을 똑바로 치켜떴다. 순간적으로 서유희가 전혀 다른 사람으로 변해 버렸다. 바로 연민정이었다.

"뭘 가만히 보고만 있어? 멀뚱히 보고만 있지 말고 가서 일해. 당신들 월급 다 내가 주는 거 알아, 몰라?"

대본에 있는 대사였다. 몽마르트의 직원들이 화들짝 놀라며 서유희를 쳐다보았다. 현우가 씩 웃었다.

"완벽해. 아주 훌륭해."

현우가 엄지를 척 들어 보였다. 서늘한 얼굴을 하고 있던 서유희가 본래의 순한 얼굴로 돌아왔다.

"휴, 다행이에요. 어울리지 않으면 어쩌나 하고 진짜 걱정 많이 했는데."

"아냐. 내가 보기에는 연민정 그 자체다. 시청자들도 깜짝 놀랄 거 같아."

"그, 그렇겠죠?"

"그럼. 내가 장담할게."

며칠 전부터 서유희는 '신(新) 콩쥐팥쥐전' 촬영에 들어간 상태였다. 예정된 날짜보다 조금 빠르게 촬영 날짜가 잡혔고, 방송국 드라마답게 일정도 상당히 타이트했다.

그리고 오늘은 연민정이 본격적인 악녀로 대변신을 하는 날이었다.

"그럼 가볼까? 원장님, 오늘도 수고 많으셨습니다."

"호호, 뭘요. 그나저나 지유 씨는 언제 또 볼 수 있을까요?"

송지유를 향한 원장의 집착은 어떤 면에서는 대단하게까지 느껴졌다.

"다음에 꼭 지유도 데리고 오겠습니다."

"감사해요, 대표님. 유희 씨도 오늘 힘내서 촬영 잘해요."

"오늘도 이렇게 예쁘게 꾸며주셔서 감사합니다, 원장님."

"유희 씨는 참 착하기도 하지. i2i 멤버들도 착하고. 대표님은 참 복이 많으세요."

"하하, 그렇습니까?"

현우가 빙그레 웃었다.

　　　　　*　　　　　*　　　　　*

　초록색 밴 봉희가 도로를 달리고 있다. 현우는 조수석에 기대어 잠이 들어 있었다. 한국에 도착하자마자 쌓여 있는 일을 처리하느라 며칠 동안 잠도 제대로 자지 못한 현우였다.

　"철용아, 현우 오빠 괜찮을까? 많이 피곤해 보여."

　"맞습니다. 좀 쉬셔야 하는데 말입니다, 누님."

　"안 되겠어. 연남동으로 가자. 집으로 모셔다 드리자. 응?"

　"예, 누님."

　김철용이 봉희를 돌리려 했다. 그때 현우가 잠에서 깨어났다.

　"그대로 가."

　"형님?"

　"오빠, 집으로 모셔다 드릴게요. 오늘도 저 기다리느라고 아침부터 고생하셨어요. 집에 가서 푹 주무세요. 몸 상해요. 네?"

　서유희가 현우를 진심으로 걱정해 주고 있었다.

　"오늘 유희 너 중요한 촬영인데 대표가 돼서 어떻게 집에 가서 맘 편히 자겠어? 차에서 조금 자면 된다. 괜찮아."

　서유희는 대답이 없었다. 결국 현우는 몸을 돌려 뒷좌석에 앉아 있는 서유희를 바라보았다.

"지유가 없으니까 이제 유희가 나를 챙겨주네. 혹시 지유가 감시하라고 한 거 아니지?"

"네, 네?"

대답 대신 서유희가 작게 웃었다. 현우도 피식 웃었다.

"웃으니까 보기 좋네. 너는 아무 신경 쓰지 마. 오로지 대본에만 집중해. 잠깐 촬영장 가서 인사만 하고 바로 갈게."

"알았어요. 그럼 오케이."

"오케이? 그거 내 말투잖아?"

현우가 쓰게 웃었다.

밴 봉희가 일산 MBS 드림센터에 도착했다. 서유희를 데리고 현우가 촬영장으로 나타나자 스태프들을 비롯한 촬영팀 전체가 난리가 났다. 여자 스태프들은 현우에게 셀카 요청까지 했다.

보통 드라마 팀은 두 팀으로 나누어 촬영을 진행하는데 서유희는 B팀에 속해 있었다.

현우는 B팀을 위해 밥차까지 예약했다. 그리고 음료수를 비롯한 간식까지 넉넉하게 돌렸다.

"바쁘실 텐데 촬영장까지 와주시고 감사합니다, 대표님."

B팀의 연출을 맡은 신입 피디 최태우가 현우에게 고마워 어쩔 줄을 몰라 했다.

"아닙니다. 감사는요. 당연히 들러봐야죠, 최 피디님. 우리 유희가 착하고 마음이 여립니다. 연민정 역할을 맡기는 했지만 힘들 게 많을 겁니다."

"예, 알고 있습니다. 대본 리딩 때 몇 번 뵈었는데 착하시더군요. 지금까지 연기도 곧잘 하시고 문제될 게 전혀 없습니다. 제가 현장에서 최대한 유희 씨를 챙기겠습니다, 대표님."

"하하, 감사합니다. 언제든 불편하신 점이 있으면 저한테 연락 주십시오. 김철용 매니저를 통해 주시면 될 겁니다."

"야외 촬영 때마다 밥차를 부탁드려도 되겠습니까?"

"물론이죠."

"농담입니다, 대표님."

"진담이서도 됩니다."

현우가 빙그레 웃었다. 그리고 마음을 놓았다. 연출 피디의 성향이 어떠냐에 따라서 제작 스태프는 물론 연기자들까지 상당히 큰 영향을 받는다. 첫인상이긴 하지만 신입 피디가 꽤나 싹싹해 보였다.

최태우 피디와 작별 인사를 하고 현우는 서유희를 찾았다. 서유희는 밴 안에서 대본을 읽고 있었다.

"유희야."

"오빠, 피디님 만나 뵙고 오시는 거예요?"

"응. 괜찮은 사람 같더라. 다행이다. 대본 숙지는 다 했고?"

"네. 그렇긴 한데 떨려요."

"영화 찍을 때도 그렇게는 안 떨었잖아."

"그, 그렇긴 한데요."

서유희가 어색하게 웃었다.

"악녀 연기가 걱정이 되어서 그러는 거지? 시청자들이 어색하게 볼까 봐?"

"네에."

조그마한 목소리가 현우의 귓가를 간지럽혔다. 서유희의 유일한 단점이라면 소심한 성격보다는 유난히 자신감이 없다는 것이다.

"유희야."

현우가 나지막한 목소리로 서유희를 불렀다. 서유희가 현우를 조용히 쳐다보았다.

"우리 영화를 본 사람들은 하나같이 네 이야기를 하고 있어. 충무로의 떠오르는 여배우 서유희. 너 몰라?"

"저 아직 그 정도는 아, 아니에요."

"겸손은 좋아. 하지만 유희야, 너는 조금 더 자신감을 가질 필요가 있어. 너 지금 악녀 그 자체야. 완벽하다고. 황인옥 선생님도 대본까지 고쳐가면서 너한테 기대를 걸고 계셔. 그렇다는 건 네 연기를 믿으신다는 거지."

정말이었다. 황인옥 작가는 서유희가 연기하는 연민정 캐릭터에 공을 들이고 있었다. 이미 촬영된 1화와 2화에서도 연민정의 비중은 주인공인 고하정과 엇비슷했다.

"휴우."

서유희가 길게 호흡을 했다. 그러더니 두 주먹을 불끈 쥐어 보였다.

"자신감 충전!"

"하하! 솔이가 하는 거잖아?"

"네. 이거 꽤 효과가 있어서."

"좋아, 자신감도 충전했겠다, 그럼 오늘 네가 하고 싶은 연기 다 해봐."

"그렇게 할게요, 오빠."

때마침 김철용이 나타났다.

"형님, 김세희 씨가 도착했다는데요?"

"김세희?"

김세희. 이번 드라마에서 여자 주인공 고하정 역을 맡은 여배우이다. 김세희는 배우 엔터 중에서는 가장 거대한 기획사인 마이더스 소속이었다. 어울림과도 나름 인연이 있었다. 송지유가 오늘처럼의 광고 모델로 발탁되기 전까지 김세희가 오늘처럼의 광고 모델로 활동했다.

"인사 가자, 철용아."

"네, 누님."

"오빠, 피곤하실 텐데 어서 가세요."

"아냐. 가기 전에 김세희 씨랑 매니저들 좀 만나고 가지, 뭐."

현우가 먼저 앞장섰다. 그리 멀지 않은 건너편 주차장에 김세희의 밴이 주차되어 있었다. 밴에서 막 내린 김세희와 마이더스의 매니저들이 단번에 현우를 알아보았다.

"안녕하세요, 김현우 대표님~ TV에서 많이 뵈었어요! 김세희예요!"

김세희가 활짝 웃으며 인사를 건네어왔다.

"김현우입니다. 역시 아름다우시네요."

"에이~ 유희가 더 낫죠~"

눈웃음을 치며 김세희가 서유희를 위에서 아래로 살펴보았다.

"선배님 오셨어요?"

"응. 유희가 먼저 왔네. 몽마르트 다녀왔구나? 연민정 캐릭터랑 잘 어울리네."

"가, 감사합니다."

겉모습만 보면 김세희는 청순 그 자체였고, 서유희는 악녀 그 자체였다. 하지만 아이러니하게도 김세희는 탑 여배우 특유의 오만한 여유가 넘쳤고, 서유희는 그저 순하고 착해 보였다.

"마이더스 매니지먼트 3팀 정수용 팀장입니다."

"김현우입니다. 반갑습니다. 우리 유희 잘 부탁드리겠습니다, 팀장님."

"부탁은 저희 쪽에서 해야죠. 다음에 식사 한번 같이하시죠, 대표님."

"자리 한번 만드는 것도 나쁘지는 않을 것 같습니다. 하하!"

현우가 빙그레 웃으며 서유희 쪽을 쳐다보았다.

'뭔가 느낌이 싸한데?'

배우들의 위계질서가 엄격하다는 사실은 이미 알고 있었다. 그래도 뭔가 찜찜했다. 서유희가 김세희를 굉장히 어려워하고 있었다.

마이더스 쪽 사람들과 헤어지고 현우는 따로 김철용을 불렀다.

"철용아, 혹시 요 며칠 촬영하면서 무슨 일 없었어?"

"아뇨. 특별한 일은 없었습니다. 근데요."

"근데? 근데 뭐?"

김철용이 잠시 망설였다. 긴가민가했기 때문이다.

"김세희 씨요. 유희 누님이랑 같이 연기할 때마다 조금 예민하게 구는 것 같아요. NG도 자주 내는 편입니다."

"그래? 유희는 뭐라고 하는데?"

"유희 누님이야 천사니까 그냥 매번 웃기만 하죠. 아직 촬영 초반이라 서로 친하지도 않고 또 그… 배우들은 예민하니까 그러는 거 아닐까요? 특별히 지금까지는 문제될 건 없었습니다, 형님."

"으음."

현우가 밴 봉회 쪽을 쳐다보았다. 서유희가 밴 안에서 열심히 대본을 읽고 있다.

'내가 유희를 너무 과잉보호하는 건가?'

딱히 김세희의 첫인상도 나쁘지 않았다. 그래도 조심해서 나쁠 것은 없었다.

"철용아, 혹시 유희한테 무슨 일이 생긴다거나 다른 배우들이 도가 좀 지나치다 싶으면 나나 태명이한테 연락해라. 유희가 괜찮다고 해도 판단은 네가 하고."

"네, 형님. 걱정 마세요."

"그래, 그럼 수고하고. 촬영 끝나면 유희 데려다 주고 바로 퇴근해."

"네! 필승!"

현우는 씩 웃으며 김철용의 어깨를 다독여 주었다.

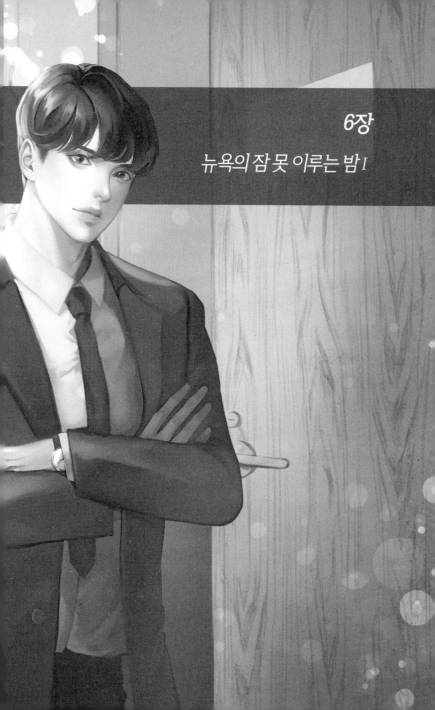

6장

뉴욕의 잠 못 이루는 밤 I

　뉴욕 외곽 지역의 뒷골목. 따스한 가을 햇살이 골목을 비집고 들어와 허름하고 낡은 간판을 비추고 있다.

　"세뇨리타! 위험합니다! 조심해요!"

　건장한 체구의 히스패닉 미국인 청년 후안 베스가 사다리를 올려다보고 있다. 송지유가 사다리에 올라간 채로 재즈 바 '뉴 소울'의 간판을 닦고 있었다.

　"세뇨리타, 괜찮습니까? 걱정되는군요!"

　"후안!"

　송지유가 고개를 돌려 후안을 내려다보았다. 차가운 송지유의 눈길에 후안이 움찔했다.

"왜, 왜 화가 났습니까?"

"청소하고 있는 거 안 보여요? 집중해야 하니까 자꾸 말 걸지 말아요! 그리고 점심 장사 안 할 거예요? 내가 부탁한 것들도 있잖아요!"

"오, 세뇨리타, 그대의 차가운 말투 속에서도 나를 걱정해 주는 진심이 느껴지는군요. 이 후안 베스, 세뇨리타의 친구가 된 것이 일생일대… 악!"

철썩!

물에 젖은 수건이 후안의 얼굴에 명중해 버렸다.

"지, 지유, 정말 화가 많이 났군요? 그렇지만 폭력은 나쁜 겁니다."

"아니에요. 후안이 자꾸 이상한 소리를 해서 떨어뜨린 거예요. 괜찮아요? 내가 내려갈게요."

송지유가 서둘러 사다리에서 내려왔다. 그리고 깨끗한 수건으로 후안의 얼굴을 조심조심 닦아주었다.

"왜 자꾸 아래에서 조잘거려요? 깨끗한 수건이 떨어진 거니까 괜찮을 거예요. 미안해요, 후안. 후안?"

"감동받았습니다. 역시 지유는 마음이 따스한 여자였어요. 그 차가운 눈동자 속에 엿보이는 일말의 다정함이."

"시끄러워요. 빨리 점심 장사 하러 가요. 후안 어머니랑 할머니한테 다 이를 거예요."

"가, 가겠습니다. 그럼 이따 영업시간에 맞춰서 지유가 주문한 것들도 가지고 오겠습니다."

"알았어요. 돈은 선불로 줄게요."

송지유는 20달러짜리 넉 장을 건넸다.

"돈은 어디서 났습니까? 촬영 중에는 지유의 돈은 사용을 못 한다고 들었는데요?"

"블랙잭 할아버지한테서 받았어요. 가게 운영비니까 걱정 말아요. 대신 주문한 음식을 꼭 맛있게 해서 가져와야 해요? 알았죠?"

"물론입니다. 스페인 음식의 진수를 보여 드리죠."

"그럼 이제 가봐요."

"네, 갑니다."

후안이 골목을 빠져나갔다. 송지유는 햇살을 받고 있는 간판을 올려다보았다. 낡기는 했지만 깨끗이 청소를 해서 제법 고풍스러운 분위기가 났다.

"자, 그럼 오전 촬영은 여기까지 해요!"

짝!

송지유가 슬레이트 대신 손바닥을 쳤다. 주변에서 송지유를 찍고 있던 제작진이 일제히 몰려들었다.

"지유야, 힘들지? 고생했어."

작가들이 송지유에게 달라붙었다. 뉴욕 생활이 계속되면서 송지유는 제작진과 상당히 친해진 상태였다.

메인 작가 최지영이 후안이 사라진 골목 쪽을 바라보았다.

"후안 저 사람도 출연료 챙겨줄까?"

"주세요. 가게 사정이 그렇게 좋은 것 같지는 않았어요, 언니."

"응, 그럼 그렇게 할게. 후안이 엄청 좋아하겠다."

후안은 '뉴 소울' 재즈 바를 소개해 준 장본인이다. 또한 송지유와 제작진을 도와주고 있었다. 생긴 것도 잘생겼고 성격도 붙임성이 좋아 비디오를 비롯해 오디오도 잘 채워주고 있었다.

"아예 후안을 뉴 소울 직원으로 출연시키는 건 어떨까? 지유야, 네 생각이 궁금하다."

박석준 피디가 즉석에서 제안해 왔다.

송지유는 곰곰히 생각해 보았다. '뉴 소울'의 주인인 네 명의 노인 중 그나마 송지유와 대화를 하고 협조적인 인물은 블랙잭 한 명뿐이다. 나머지 세 노인은 별로 말이 없었다. 그 덕분에 제작진은 인터뷰 영상을 찍는 데 골머리를 앓아야 했다.

"피디님, 그거 좋은 생각인데요? 지유야, 재미있는 사람 같은데 출연시키는 것도 나쁘지는 않을 거야. 물론 네가 귀찮기는 하겠지만."

어디선가 들려오는 익숙한 목소리에 송지유가 홱 고개를 돌렸다. 후안이 사라진 골목 쪽에서 현우가 뚜벅뚜벅 걸어오고 있었다.

"오빠?!"

무표정이던 송지유가 뉴욕 햇살보다도 더 환한 미소를 지었다.

"이야, 오랜만에 보니까 진짜 더 예쁜 것 같다. 이럴 줄 알았으면 한국에서 며칠 더 일 보다가 올 걸 그랬네."

현우가 멋쩍게 웃었다. 환하게 웃고 있던 송지유의 표정이 싹 바뀌었다. 입까지 삐죽이며 현우를 노려보았다.

"예쁘다고 칭찬해 주면 내가 봐줄 줄 알죠?"

"미안. 일본 쪽 계약이 예상보다 빨리 잡혔어. 유희 드라마 촬영도 시일이 당겨지는 바람에 많이 늦었네. 혹시 삐, 삐쳤나? 그런 건가?"

"안 삐쳤어요."

"그렇지?"

"대신 화났거든요!"

송지유가 성큼성큼 현우에게로 걸어왔다. 현우는 피식 웃으며 한쪽 팔을 내밀었다.

"자, 마음껏 꼬집어. 화 풀릴 때까지."

송지유가 현우의 팔을 잡았다. 그러다 홱 팔을 도로 내려놓았다.

"왜?"

"제작진 언니, 오빠들 있잖아요. 그리고 바쁘게 일하느라 고생도 한 것 같으니까 나중에 꼬집을게요. Keep."

"Keep? 그래, 그럼."

오늘 따라 송지유에게서 풍기는 향기가 향긋하고 달콤했다.

"점심 먹었어요?"

"비행기에서 기내식 먹었지. 여기야, 촬영 장소가?"

"네. 어때요?"

"뉴욕 뒷골목에 숨겨진 오래된 재즈 바라……. 분위기도 좋고 괜찮은데? 오늘부터 본격적으로 촬영이라며?"

"청소하고 장사 준비 하느라고 혼자서 고생 많이 했어요. 힘들어 죽는 줄 알았어요."

송지유가 한숨을 내쉬었다. 가게가 워낙 오래되고 낡아 내부 청소를 하는 데만 사흘이 걸렸다. 그리고 블랙잭 영감의 허락을 받아 주류도 더 들여놓았다. 뉴욕의 유명한 재즈 바에 비하면 아직 부족한 것이 많았지만 구색은 갖춘 셈이다.

"지유가 고생이 많았네."

"그러니까요. 다 오빠 때문이에요."

현우는 투정을 부리는 송지유가 귀여워 그저 피식 웃기만 했다. 제작진은 어른스럽게만 보이던 송지유의 아이 같은 모습을 신기하다는 듯 보고 있었다.

"김현우입니다."

"네. 뉴욕에 잘 오셨습니다, 대표님."

현우는 제작진과 간단히 인사를 나누었다.

"가게 구경시켜 줄게요."

"그래, 송지유의 손길이 닿은 가게가 어떤지 한번 보자."

송지유가 열쇠로 가게 문을 열었다. 현우는 송지유를 따라 가게 안으로 들어갔다.

"훌륭한데?"

송지유가 처음 찾아왔을 때의 '뉴 소울'은 폐업을 앞두고 있는 가게라고 표현해도 부족하지 않을 정도였다. 테이블이나 의자, 장식품들이 제각각 놓여 있었고 곳곳에 먼지가 수북했다.

하지만 송지유의 노력으로 재탄생한 '뉴 소울'은 그 특유의 고풍스러운 느낌이 물씬 풍겨나고 있었다. 푸른색 조명 아래 오래되고 낡은 집기들이 분위기를 더 깊게 만들고 있었고, 텅 비어 있던 진열장에도 다양한 술이 종류별로 구비되어 있었다. 그리고 오래된 악기들도 벽이나 천장에 잘 정돈되어 걸려 있었다.

"대표님, 가게 내부를 정리하기 전 사진입니다. 사진을 보시면 확 느끼실 겁니다."

박석준 피디가 핸드폰을 내밀었다.

"오호, 확실히 다르긴 다르네요."

사진을 확인한 현우가 감탄사를 내뱉었다. 사진 속 '뉴 소울'과 송지유의 손길이 닿은 '뉴 소울'은 차이가 확연했다. 혼자서 가게를 손보느라 송지유가 얼마나 고생했을지 대충 짐작이 갔다.

"고생 많이 했다, 지유야."

바텐더 석에 서 있던 송지유가 현우의 옆으로 앉았다. 그리고 몸을 밀착시켰다.

"귀 좀 대봐요."

"어? 무슨 일인데?"

송지유의 표정이 심각했다. 괜스레 걱정되었다. 제작진도 어리둥절한 표정으로 현우와 송지유를 지켜보고 있었다.

"왜 그래? 중요한 일이야?"

"오빠, 나 한식 먹고 싶어요."

송지유가 현우의 귀에다 대고 속삭였다. 현우는 피식 웃었다. 그리고 최대한 조용히 입을 열었다.

"그게 귓속말까지 할 일이야?"

"프로그램 규칙 알잖아요. 뉴욕에서 번 돈 아니면 한 푼도 못 쓴단 말이에요. 매일 아침, 점심, 저녁 미국 음식만 먹으려니까 힘들어요."

"그래, 한식 먹자."

정말 간절해 보였다. 현우가 자리에서 일어났다.

"다들 미국에서 고생 많이 하셨습니다. 저녁 촬영까지 몇 시간 남았습니까?"

"세 시간 정도 여유 있습니다, 대표님."

박석준 피디가 즉각 대답했다. 현우가 송지유를 쳐다보며 입을 열었다.

"마침 점심시간이기도 하고 근처 한식당에서 회식 어떠세요?"

"한, 한식!"

작가들이 눈을 크게 떴다. 송지유와의 의리를 지키느라 다들 미국 본토 음식만 섭취하고 있는 상황이었다.

"공항에서 오는 길에 검색해 봤는데 근처에 갈비를 파는 한식당이 있더군요. 갈비 어떻습니까? 다들 괜찮으시죠?"

대답 따위는 필요 없었다. 제작진이 환호성을 내질렀다.

*　　　　*　　　　*

세트로 만들어진 호화로운 재벌가의 거실. 화려한 옷을 갖춰 입은 연민정 역의 서유희가 양손 가득 쇼핑백을 든 채로 문을 열고 들어왔다. 고하정 역을 연기하는 김세희가 초조한 얼굴로 서유희를 맞아주었다.

"미, 민정아, 어디 갔다 왔어?"

서유희가 당당한 표정으로 김세희를 응시했다.

"보면 몰라? 쇼핑 다녀왔잖아."

"그거 다 네가 산 거야?"

순간 서유희가 한기를 뿜어내었다.

"왜, 아까워? 네 부자 아버지 카드로 막 긁고 다니니까 기분 나빠?"

"아, 아니야, 민정아. 나는 그냥 네가 아버지한테 혼날까 봐."

"야, 고하정. 얼굴 똑바로 들고 잘 들어. 아직도 네 아버지가 네 엄마를 잊지 못하는 것 같아? 천. 만. 에."

서유희의 눈동자가 차가워졌다.

"너희 아버지, 우리 엄마한테 푹 빠졌어. 어떻게 만난 지 한 달 만에 결혼을 해? 뭐, 나야 팔자 폈으니까 좋기는 한데 너희 아버지나 엄마나 정말 수준 이하야. 너도 마찬가지야. 바람 피워 쫓겨난 여편네 딸년 주제에 너무~ 주제를 몰라, 주제를. 나 같았으면 이 집에서 나갔어. 너 말이야, 네 아버지 친딸은 맞아? 혹시 모르지."

서유희가 고개를 숙이고 있는 김세희를 보며 이죽거렸다. 최태우 피디를 비롯한 B팀 제작진은 숨을 죽이고 있었다. 서유희로부터 광기가 느껴졌다.

이제 김세희가 눈물을 뿌리며 서유희의 따귀를 때릴 차례였다. 김세희가 눈물을 뿌리며 서유희 뺨을 올려붙였다.

짝!

서유희의 고개가 홱 돌아갔다. 독기를 품은 서유희의 눈동자가 김세희를 노려보았다. 그리고 서유희가 손을 높이 드는 순간 김세희가 한숨을 푹 내쉬었다.

"아!"

최태우 피디가 탄식을 터뜨렸다. 김세희가 NG를 낸 것이다. 벌써 다섯 번째였다. 소파로 털썩 주저앉아 김세희가 서유희를 쳐다보았다.

"서유희."

"네, 선배님."

"내가 말했지? 힘 빼고 연기하라니까. 네가 힘줘가면서 연기하면 고하정 캐릭터 완전히 죽는 거 몰라? 여기서 너만 혼자 연기하는 거 아니잖아?"

"……."

"왜 대답이 없어?"

촬영장 분위기가 싸해졌다. 최태우 피디가 황급히 둘 사이에 끼어들었다.

"세희 씨, 방금 감정도 좋았고 완벽했는데 왜 그래요?"

"피디님, 죄송해요. 배우 간에 서로 감정 공유가 되어야 하는데 힘드네요."

최태우 피디가 얼굴을 찌푸렸다. 방금 전 장면은 군더더기가 없었다. 괜히 혼자 NG를 내놓고 서유희 탓을 하고 있었다.

"잠깐만 쉬도록 하겠습니다. 유희 씨, 대기실 가서 쉬고 와요."

"네, 피디님."

서유희가 김철용과 함께 대기실로 향했다. 김철용이 서둘러 얼음 팩을 가지고 들어와 서유희의 뺨에 가져다 대었다.

"누님, 괜찮으세요? 아프시죠?"

"괜찮아, 철용아."

서유희는 애써 웃고 있었다. 김철용은 그래서 더 화가 났다. 연기에 대해선 일자무식인 그가 보아도 김세희는 억지를 부리고 있었다.

"누님, 이건 아닌 것 같습니다. 작가 선생님이 대본에 쓰신 대로 연기하는 건데 대체 뭐가 문제인지 모르겠습니다. 일부러 NG를 내는 겁니다, 저건."

"철용아……."

서유희가 말끝을 흐렸다.

"그, 근데 김세희 선배님도 무리는 아니야. 연민정이 대사도 많고 고하정을 괴롭히는 역할이잖아. 연기에 몰입하다 보면 그럴 수도 있어. 그러니까, 응?"

간절한 눈빛이었다.

"알겠습니다, 누님. 잠시만 쉬고 계세요."

"어디 가게?"

"가볼 데가 있습니다."

김철용이 딱딱하게 굳은 얼굴로 대기실을 나갔다. 김철용은 곧장 김세희의 대기실을 찾아갔다. 현우가 무슨 일이 생기면 언제든 연락하라고 신신당부했지만 김철용은 미국으로 출국한 현우에게 한국에서의 일까지 신경 쓰게 하고 싶지 않았다.

"철용 씨, 무슨 일이에요?"

정수용 팀장 대신 로드 매니저 한 명이 반갑게 김철용을 맞아주었다. 김세희는 어디로 갔는지 보이지 않았다. 김철용은 일부러 더 밝은 표정을 했다.

"박 매니저님, 피곤하시죠?"

"피곤은요. 우리 일이 다 그런 거죠."

"이거 드세요. 피곤이 좀 풀리실 겁니다."

로드 매니저가 꿀꺽꿀꺽 건강 음료수를 받아 마셨다. 그러곤 김철용을 쳐다보았다.

"세희 씨 때문에 온 거죠? 아까 일 때문에요."

"네, 뭐……."

김철용이 머리를 긁적였다.

"제가 대신 사과드리겠습니다, 철용 씨. 세희 씨가 요즘 저기압이에요. 이런저런 일도 많았고, 이번 드라마도 회사에서 밀어서 하는 거지 사실 처음부터 영화를 하고 싶다고 했거든요."

속사정을 전해 들은 김철용은 고개를 끄덕거렸다.

한때 탑 여배우로서 인기가 많던 김세희는 요즘 내리막길을 걷고 있었다. 청순하고 수수한 외모와 다르게 인성이 썩 좋지 못했다. 그래서 업계에 이미 소문이 파다하게 난 상황이었다. 거기다 연기력도 좋지 못해 번번이 영화 캐스팅에서 밀리고 있었고, 결국 MBS 토일 주말극으로 밀려나고 말았다.

반면 서유희는 충무로와 연예계로부터 주목받고 있는 신인 여배우였다. 게다가 곧 천만 여배우라는 수식어가 붙을 예정이다. 현장에서도 최태우 피디는 물론 제작진으로부터 연기도 잘하고 착하기까지 하다며 예쁨을 독차지하고 있었다. 예민해져 있는 김세희 입장에서는 연기도 훨씬 잘하고 예쁨까지 받고 있는 서유희가 불편할 수밖에 없었다.

"여자들 일은 어렵네요. 이거 어떻게 할 수도 없고. 남자 대 남자였으면 딱 한 판 붙고 형님 아우 하면 그만인데요."

"그, 그렇긴 하죠. 하하!"

박 매니저가 겁에 질려 어색하게 웃었다. 김철용은 한눈에 봐도 포스가 보통이 아니었다. 날렵한 체격이지만 입고 있는 셔츠 밖으로 근육이 엿보였다. 노란색 운동복만 입으면 브루스 리와 별 차이가 없어 보일 정도였다.

"제가 정수용 팀장님한테 말씀드려 볼까요?"

"아뇨. 그러다 박 매니저님 입장이 곤란해질 수 있어요."

생긴 것과 다르게 김철용은 생각이 깊었다. 박 매니저는 속으로 감탄했다.

"그럼 어떻게 할 생각이세요? 지켜보는 저희도 죽을 지경입니다. 피디님이나 제작진 눈치도 보이고 서유희 씨한테 죄송하기도 하고 정말 미치겠어요."

"후우, 일단 이 이야기는 저희들만 알고 있죠, 박 매니저님."

"네. 미안합니다, 철용 씨. 서유희 씨도 잘 달래주세요."

"그래야죠."

김철용은 대기실을 빠져나왔다.

두 주먹이 부들부들 떨렸다. 하지만 어쩔 수 없었다. 김세희가 연기를 가장한 채 서유희를 은근히 괴롭히고 있었지만 여기서 섣불리 대응했다간 오히려 역효과가 날 수도 있었다.

배우들의 세계에서 후배를 태우는 일은 다반사라고 들은 적이 있었다.

일단은 참아야 했다.

"매니지먼트라는 건 정말 어려운 거구나. 우리 대표님이 더 대단하게 느껴지네. 나는 아직 멀었어."

*　　　*　　　*

　뉴욕 뒷골목의 재즈 바 '뉴 소울'의 간판이 빛을 발하기 시작했다. 드디어 굳게 닫혀 있던 두꺼운 철문이 다시 활짝 열린 것이다.

　후안과 그 동료들이 음식이 담긴 박스를 들고 가게 안으로 들어갔다.

　"세뇨리타, 우리가 왔습니다. 많이 기다렸습니까?"

　"안 기다렸어요. 음식 확인해 볼게요."

　"아, 오늘 밤도 매정한 그대는 세뇨리타."

　송지유는 들은 척도 하지 않고 박스들을 살펴보았다. 수제 소시지 다발과 살라미 같은 스페인 육포들이 보였다. 샐러드 재료와 빵도 여러 종류가 있었다.

　"후안, 수고했어요. 있잖아요, 가게 문 닫았죠?"

　"닫았습니다."

　"후안, 우리 친구 맞죠?"

　"물론입니다. 우린 친구입니다."

　"부탁 하나 들어줄래요? 오늘부터 여기서 아르바이트하지 않을래요? 시급도 주고 출연료도 따로 줄게요."

"꼭 나를 필요로 하는 겁니까?"

"네, 맞아요. 제작진 언니 오빠들도 후안이 방송에 출연해 주면 재밌을 것 같대요."

"그럼 그러죠."

"고마워요."

송지유가 살짝 웃었다.

"드디어 웃는 모습을 보는군요. 하하하!"

후안이 감격스러워했다.

'재미있는 사람이네.'

한편, 현우는 제작진과 함께 테이블 구석에 앉아 촬영 중인 송지유를 지켜보고 있었다. 크게 도와줄 것도 없이 송지유는 알아서 척척 모든 일을 해결해 나가고 있었다. 그리고 갈비와 김치로 회포를 풀어서인지 기분도 좋아 보였다.

송지유가 현우 쪽을 살짝 쳐다보았다. 현우는 잘하고 있다 며 엄지를 척 들어 보였다.

블랙잭과 다른 세 노인이 하나둘 가게로 모습을 드러내었 다.

"이거 우리 가게 맞나, 존스?"

"싹 바뀌었는데? 청소도 다 했고."

"더 빨리 이렇게 장사를 해야 했어. 이래야 손님들도 오지."

그나마 가게를 운영하고 있던 블랙잭이 한소리 했다.

"웅? 저 청년은 누구야? 자네랑 무슨 사이인가?"

블랙잭이 현우를 가리키며 송지유에게 물었다.

"소속사 대표님이에요, 할아버지."

"그래? 꽤 젊군. 그럼 슬슬 가게를 열어볼까?"

블랙잭이 지배인 복장으로 갈아입고 나왔다. 다른 노인들도 말끔하게 정장을 갖춰 입고 커다란 테이블로 가 앉았다. 제작진은 최종적으로 카메라를 점검했다. 송지유도 기타를 들고 라이브 바 무대 위로 올라갔다.

마침내 재즈 바 '뉴 소울'이 저녁 7시 무렵 오픈했다.

*   *   *

뉴욕 뒷골목의 재즈 바 '뉴 소울'에 긴장감이 흐르고 있다. 곳곳에 설치된 카메라들이 라이브 무대 위의 송지유와 가게 입구를 담고 있었다.

시간이 흘러도 좀처럼 손님의 발걸음이 닿지 않았다. 제작진은 초조한 표정을 숨기지 못했다. 이대로 가면 방송에 나갈 수 있는 분량을 확보하기가 어려웠다.

초조해하고 있는 제작진과 다르게 블랙잭과 세 노인은 테이블에 모여 앉아 한가롭게 포커를 치고 있었다.

"지유, 방송에 지장 없습니까?"

"모르겠어요. 후안, 지금 몇 시죠?"

"8시 27분입니다."

"그래요? 시간이 왜 이렇게 빠르게 가는 거야?"

송지유가 길게 한숨을 내쉬었다. '차가운 도시의 법칙'은 SBC에서 처음 시도하는 색다른 형식의 예능 프로그램이다. 장소와 상황만 제시할 뿐 모든 것을 그때그때의 실제 상황에 맡겨야 했다.

9시가 조금 넘어가자 뉴 소울로 첫 손님이 방문했다. 송지유에게 노래를 신청한 백발의 노신사였다.

송지유의 얼굴이 밝아졌다. 기타를 내려놓고 송지유가 노신사를 반겼다.

"스코필드 할아버지!"

"내가 첫 손님인 모양이군. 반가워, 지유."

노신사가 중절모를 벗어 지정석이나 마찬가지인 테이블에 올려놓았다.

"할아버지, 가게 둘러보시겠어요?"

"그럴까?"

스코필드가 테이블에 앉아 뉴 소울의 내부를 살펴보았다. 그리고 희미한 미소를 머금었다.

"지유가 저 친구들을 데리고 고생 많이 했겠군. 훨씬 보기가 좋아."

"그렇죠? 후안, 뭐 해요? 주문 안 받을 거예요?"

"갑니다!"

유니폼까지 갖춰 입은 후안이 새롭게 만든 메뉴판을 테이블에 펼쳤다.

"호오, 메뉴판까지."

"할아버지, 오늘은 마티니 말고 다른 건 어떠세요?"

"좋아. 그럼 뉴 소울의 새로운 시작을 축하하며 맨해튼 한 잔."

맨해튼. 위스키에 레드 스위트 베르무트를 넣고 얼음을 넣으면 완성되는 칵테일이다.

"후안."

"갑니다, 지유."

후안이 맨해튼을 제조하기 위해 술병이 진열되어 있는 바텐더 석으로 들어갔다.

"으음, 오늘도 손님이 없군. 신청곡은 가능한가, 지유?"

노신사 스코필드의 말에 제작진의 얼굴이 환해졌다. 오픈을 한 지 두 시간 만에 첫 신청곡이 나왔다.

"네! 첫 손님이시잖아요. 어떤 노래 듣고 싶으세요?"

"앤 머레이라고 아나?"

스코필드가 물었다.

"알아요, 할아버지."

"젊은 아가씨가 대단하군. 그럼 앤 머레이의 'You Needed Me'를 신청하지."

"네!"

앤 머레이. 캐나다 출신으로 한때 세계 3 대 여성 싱어로 불리던 가수이다. 미국 빌보드에서 큰 인기를 얻었고, 부드럽고 따듯한 음색을 가진 이지 리스닝의 대표적인 가수이기도 했다. 그녀의 1978년 앨범 'Let's Keep It That Way'에 실린 You Needed Me는 1978년 그래미 어워드 최우수 팝 여성 가수상을 수상하게 해준 명곡 중의 명곡이었다.

송지유가 포커 테이블에 모여 있는 네 노인에게로 향했다.

"다들 일어나세요! 신청곡 들어왔어요!"

"스코필드 녀석 한 명밖에 없는데 굳이 우리까지 나서야 하나?"

존스 영감이 귀찮은 티를 냈다. 브라운 영감과 찰리 영감도 포커를 손에 쥔 채로 시선을 피했다.

송지유가 허리에 척 두 손을 올렸다.

"방송 촬영 협조하기로 하셨잖아요. 출연료도 받으시고 제가 죽을 고생 하면서 가게 재단장도 했어요. 다들 이러실 거예요?"

얼음 폭풍이 서서히 몰려오고 있었다. 낙천적인 성격의 세 노인은 그런 송지유를 보며 움찔했다.

결국 블랙잭이 나섰다.

"이보게들, 지유를 손녀딸이라고 생각해 봐. 어린 나이에 TV 쇼 촬영하느라 얼마나 힘들겠나? 출연료도 받았고 그 돈으로 가게 수리도 했어. 그렇지 않나?"

"알았네, 알았어."

결국 세 노인은 연로한 몸을 일으켜 세웠다.

"고마워요, 잭 할아버지."

"고맙기는. 그나저나 지유의 노래가 기대되는군그래."

"다녀올게요!"

송지유가 라이브 바 무대로 올랐다. 존스와 브라운, 찰리 영감도 각기 무대에 있는 악기를 하나씩 맡았다. 존스 영감은 베이스를 잡았고 브라운 영감은 클래식 피아노 의자 위에 앉았다. 마지막으로 찰리 영감은 드럼을 세팅했다.

작은 의자 위로는 클래식 기타를 들고 송지유가 자리했다.

"앤 머레이의 'You Needed Me' 들려 드리겠습니다."

송지유의 클래식 기타 선율이 곡의 시작을 알렸다. 뒤이어 깊은 베이스 음색이 더해졌다. 피아노 연주와 함께 드럼도 화음을 맞추어갔다. 오래된 명곡답게 전주 부분이 풍성하고 아름다웠다.

앤 머레이의 음색이 부드럽고 따듯하며 정직했다면 송지유의 음색은 맑고 청아했다. 그리고 송지유가 부르는 앤 머레이의 You Needed Me는 뭐랄까, 마음 한쪽을 아릿하게 만들었다.

"훌륭해! 훌륭하군, 지유!"

노신사가 칵테일 잔을 높이 들어 보였다. 그리고 잔을 내려놓고 박수를 아끼지 않았다. 현우도 소리 없이 박수를 보냈다.

송지유가 기타를 내려놓고 무대에서 내려왔다. 스코필드가 급히 송지유를 불렀다.

"지유, 내가 한잔 사지."

"감사합니다, 할아버지."

"뭐 마시겠나?"

"위스키샤워 마실게요."

"좋지."

후안이 위스키샤워를 만들어 테이블로 내려놓았다. 송지유는 스코필드와 함께 잔을 맞부딪쳤다.

"지유가 한국에서 가수라고 했나?"

"네, 맞아요."

"음색이 상당히 독특해. 늙은이의 마음도 무장 해제를 시키는 느낌이야."

"그러셨어요?"

"한국에서는 어느 정도 인기인가?"

송지유가 대답 대신 살짝 웃었다. 카메라가 돌아가고 있어 자기 입으로 말하기가 조금 그랬다. 대화가 끊기려는 찰나 후안이 끼어들었다.

"한국에서 가장 인기가 많은 가수입니다, 지유는."

"후안?"

송지유가 후안을 올려다보았다.

"인터넷 서핑을 했습니다."

"그런가, 후안? 한국에서는 유명한 가수였군. 그런데 뉴욕까지 와서 TV 쇼 프로그램을 찍을 필요가 있나?"

"한국 사람들은 예능 프로그램을 좋아해요, 할아버지. 그래서 저도 뉴욕까지 온 거예요."

"그렇군. 재밌는 나라야. 미국 가수들은 노래만 부르면 그만이거든. 한국 가수들은 심심하지는 않겠어."

"그렇긴 해요."

송지유는 또 살짝 웃었다.

시간이 좀 지나자 저번에 본 몇몇 단골손님이 하나둘 가게로 나타났다. 공사장에서 레미콘 트럭을 운전하는 70대 노인도 있었고, 뒷골목에서 골동품 가게를 운영하는 노인도 있었다. 또 교직에서 은퇴하고 이곳을 찾는 노인도 있었다.

뉴 소울을 찾는 손님 대부분이 나이가 지긋한 노인층이었다.

블랙잭이 그들을 반기고 주문을 받았다. 후안이 칵테일을 제조하거나 잔술을 서빙하면 송지유는 무대에서 세 영감과 신청곡을 불렀다. 신청곡도 대부분 흘러간 옛 노래 위주였다.

밤 10시가 되자 가게가 조용해졌다. 송지유도 무대에서 내려와 노인들과 이런저런 인생 이야기를 나누었다.

'행복해 보이네.'

현우는 촬영에 방해가 되지 않도록 계속해서 송지유를 지켜보고만 있었다. 나이도 인종도 달랐지만 송지유와 뉴 소울을 찾은 노인들은 진심을 나누고 있었다.

그러던 찰나 가게 문이 열리고 새로운 손님들이 뉴 소울을 찾아왔다. 송지유가 홈스테이를 하고 있는 집의 가족들이었다.

"지유, 나 왔어!"

"엘리스!"

엘리스가 송지유의 품으로 안겼다.

"외출 금지였잖아?"

"아빠랑 엄마한테 지유가 오늘부터 재즈 바에서 일한다고 했지."

"너, 머리 썼구나?"

"인간 디퓨저 지유 좋다."

"말 돌릴래?"

말은 그렇게 해도 송지유는 웃고 있었다. 엘리스의 아버지 제임스와 어머니 마리아가 그런 엘리스를 보며 고개를 저었다.

"지유, 축하해요."

마리아가 송지유에게 꽃다발을 건넸다.

"꽃이 너무 예뻐요! 이쪽으로 앉으세요. 후안, 메뉴판!"

후안이 메뉴판을 가지고 왔다.

"맥주 두 병이랑 블루베리 치즈로 부탁해요. 엘리스는 코코아 한 잔 주시면 될 것 같군요. 마시멜로도 조금 넣어서 부탁합니다."

제임스 부부가 간단하게 주문했다.

"분위기가 독특하네요. 뉴욕에 이런 곳이 있다는 걸 처음 알았어요. 그렇죠, 여보?"

"음, 마리아 당신 말이 맞아요. 뉴욕 재즈 바 중에서 이곳보다 오래된 곳은 없을 것 같아요."

뉴 소울의 오래되고 독특한 분위기를 제임스 부부도 마음에 들어했다.

"듣고 싶은 노래 있으세요?"

"좋아하는 노래가 있긴 있어요. 마리아도 좋아하는 노래이긴 한데 재즈는 아닙니다."

"그럼 더 좋아요. 사실 재즈보다는 팝 위주로 선곡을 받고 있었어요."

보통 뉴욕의 재즈 바에서는 다양한 악기를 가지고 재즈곡
을 연주하거나 혹은 불렀다. 그렇다고 해서 꼭 재즈 장르의
곡만 부르는 것은 아니었다. 다양성을 존중하는 나라답게 간
혹 다양한 음악을 하는 뮤지션들이 재즈 바에서 공연을 하곤
했다. 다만 재즈 바에서 공연하는 뮤지션의 대다수가 재즈를
사랑하는 사람들일 뿐이다.

뉴 소울은 재즈 바이긴 하지만 송지유가 전속 싱어로 일하
게 되면서 재즈보다는 팝 위주로 선곡받고 있었다. 어쩔 수 없
는 선택이었다. 한국의 시청자들 중에서는 1970년대나 1980년
대의 팝송도 생소하게 느끼는 시청자도 있을 것이다.

"아빠랑 엄마가 좋아하는 노래라면 그 노래잖아. 그 노래
어려운데?"

"엘리스, 지유 앞에서 실례잖니."

마리아가 엘리스에게 주의를 주었다.

"괜찮아요. 어떤 노래예요?"

"If I Ain't Got You'라는 곡입니다, 지유."

"Alicia keys 노래네요."

"그렇습니다. 맨해튼 헬스키친에서 그녀의 노래를 몇 번 들
어본 적이 있어요. 무명이었을 때죠. 마리아한테 청혼도 그곳
에서 했습니다."

"추억이 있는 곡이네요. 알겠어요."

If I Ain't Got You, '내가 당신을 갖지 않는다면'이라는 제목의 이 노래는 유명 R&B 가수인 앨리샤 키스의 대표곡 중 하나였다. 앨리샤 키스는 그래미 어워드를 열네 차례나 수상했고, 2000년대 최고의 여성 아티스트 중 한 명으로 평가받고 있었다.

'앨리샤 키스 노래를 부른다고?'

지켜보고 있던 현우의 눈썹이 살짝 휘어졌다. 앨리샤 키스의 음색과 송지유의 음색은 전혀 달랐다. 앨리샤 키스는 깊고 무거우며 허스키한 음색이다. 무엇보다 곡 자체의 난이도가 굉장히 높았다. 앨리샤 키스 특유의 소울이 특징인 곡이다.

'지유라면 가능하겠지?'

현우는 팔짱을 낀 채로 무대로 올라간 송지유를 지켜보았다. 클래식 기타를 한쪽으로 내려놓고 송지유가 의자에 앉아 마이크를 잡았다.

브라운 영감의 현란한 피아노 독주가 펼쳐졌다. 송지유의 허밍이 피아노 독주와 어우러졌다. 잔잔해진 피아노 연주에 맞춰 송지유가 입을 떼었다.

송지유의 맑은 음색이 자유자재로 음을 가지고 놀았다. 제작진도 두 눈을 감고 송지유의 목소리에 귀를 기울였다. 그리고 절정 부분이 다가왔다. 고음이 올라가기 시작했다.

'제법인데?'

현우는 온몸에 소름이 돋음을 느꼈다. 맑은 고음 속에서 감정이라는 것이 호수에 돌을 던지듯 서서히 퍼져 나갔다.

노래가 끝나고 제임스 부부를 시작으로 박수가 쏟아졌다. 노신사 스코필드도 잔을 높이 들며 고개를 끄덕거렸다. 다른 손님들도 박수를 보냈다. 제작진도 마찬가지였다.

"촬영, 잠시만 끊겠습니다!"

박석준 피디가 잠시 휴식을 선언했다. 송지유가 무대에서 내려왔다.

"지유! 진짜 최고야! 너무 멋있어! 노래를 이렇게 잘할 줄 몰랐어! 앨리샤 키스보다 훨씬 노래 잘해!"

엘리스가 방방 뛰며 놀라 했다.

"앨리샤 키스가 들으면 너 혼날걸? 그 정도는 아니거든? 부모님의 추억이 담긴 곡이야. 함부로 그렇게 말하는 거 아니야."

"아니야! 아빠! 엄마! 최고였죠?"

제임스 부부가 천천히 고개를 끄덕였다. 부부는 아직도 감정의 여운에서 빠져나오지 못하고 있었다. 그리고 서로의 손을 꼭 잡고 있었다.

"지유, 내가 지유 핸드폰으로 찍었어! 볼래?"

"나 초상권 있거든? 돈 많아?"

송지유가 눈을 가늘게 뜨며 엘리스에게 장난을 쳤다. 엘리스가 울상을 했다. 그때 현우가 다가왔다.

"지유가 장난이 심하네. 초상권은 걱정하지 마. 내가 지유 소속사 대표거든."

"어? 혹시 미스터 킴? 현우?"

"나를 아는구나?"

"당연히 알지. 지유가 현우 전화 받을 때면 침대에 누워 있다가 이렇게… 읍! 읍!"

송지유가 황급히 엘리스의 입을 틀어막았다.

"엘리스 너, 진짜 혼나고 싶지?"

"읍! 읍!"

"계속 그럴 거야?"

엘리스가 도리도리 고개를 저었다. 그제야 송지유가 엘리스를 풀어주었다. 엘리스가 후우 하고 숨을 내쉬었다.

"예쁘긴 하지만 현우는 취향 독특하다."

엘리스가 조그맣게 중얼거렸다.

"응? 뭐라고?"

"아니야, 미스터 킴. 아니, 현우, 반가워. 나는 엘리스야. 열두 살."

"그래, 반가워. 나는 김현우이고 스물여섯 살이다."

현우가 작게 웃으며 대답했다.

       *   *   *

새벽 1시. 뉴욕의 중산층 주택가 밤거리로 비가 내리고 있다. 송지유가 사준 갈색 코트를 입은 현우는 검은색 우산을 들고 있었다.

송지유가 그 모습을 보고 살짝 미소를 머금었다.

"지유야, 우산 가져가야지."

최지영 작가가 우산을 내밀었지만 송지유는 고개를 저었다.

"괜찮아요, 언니."

"비 오는데 우산 안 써?"

"하루 종일 기타 쳤더니 팔 아파요. 현우 오빠랑 같이 쓰고 갈게요."

"응, 알았어."

송지유가 제작진 차량에서 내렸다. 그리고 현우에게로 달려갔다. 송지유가 우산 밑으로 쏙 들어왔다.

"우산은?"

"우산 없대요."

"그래? 그럼 우산 줄 테니까 지유 네가 써라. 나는 코트 입었으니까 이 정도 비는 괜찮을 거야. 문제없어."

"싫어요. 나 팔 아프단 말예요."

"그럼 옆에서 우산 들어줄까?"

송지유가 속으로 한숨을 들이마셨다. 그리고 입을 앙다물었다.

"아악! 갑자기 왜 꼬집는 건데? 그것도 옆구리를?"

옆구리가 얼얼했다. 하지만 현우는 더 이상 말을 이을 수가 없었다. 얼얼하던 고통도 씻은 듯이 사라졌다. 송지유가 두 팔을 벌려 현우를 껴안고 있었다.

시간이 멎은 것만 같았다.

툭, 툭툭.

우산 위로 떨어지는 빗소리마저 들려왔다. 새벽 1시가 넘은 밤거리에는 오직 현우와 송지유 두 사람뿐이었다. 송지유의 심장 소리가 들려왔다. 그리고 달콤한 향기가 현우의 후각을 사로잡았다.

따듯한 체온에 심장이 미친 듯이 두근거렸다. 현우는 그저 우산을 들고 서 있었다. 한 손은 갈 곳을 잃은 채 허공에 머물러 있었다.

"지, 지유야?"

현우의 목소리가 떨렸다.

"많이 힘들었구나?"

"…힘들었어요. 왜 이렇게 늦게 왔어요?"

단둘이 남게 되자 송지유의 목소리마저 달라져 있었다. 목소리에서 어리광이 짙게 묻어났다.

"아직도 화가 안 풀린 거였어? 미안해. 회사가 점점 커지면서 일도 점점 많아지네."

"미안해하지 말아요. 사실 화 하나도 안 났어요. 그냥… 오빠랑 있으면 괜히 투정부리고 싶고 그래요."

"나도 알아. 나도 가끔은 네가 스무 살이라는 걸 잊을 때가 있어. 신경 못 써줘서 미안해. 혼자 미국에서 고생 많았다. 그, 근데 나 좀 놓아주면 안 될까? 누가 보면 이거 큰일 날 거 같아."

"우린 오누이잖아요. 뭐 어때요?"

"…그, 그런가?"

송지유의 그 말이 이상하게도 서운했다. 마음 한구석이 철렁했다.

그때 송지유가 고개를 들어 현우와 시선을 마주했다. 우산 속 송지유는 한 폭의 수채화였다. 얼핏 들리는 숨소리도 치명적이었다.

"오빠."

"응?"

"이건 뭐예요?"

송지유가 스르르 품에서 빠져나왔다. 그러고는 차가운 얼굴을 하며 작은 메모지 하나를 내보였다. 메모지에는 낯선 여자의 이름과 함께 머무는 곳의 주소와 전화번호가 적혀 있었다.

현우의 눈동자가 커졌다. 금시초문이다.

"어? 어? 그, 그게 뭐지? 난 모르는 일이야. 진짜야."

"내가 미국으로 오기 전에 뭐라고 했어요?"

"미국 가기 싫다고? 같이 가자고?"

"아, 정말 이번에는 진짜 화나려고 하는 것 같아. 이 메모지, 누가 쓴 줄도 모르죠?"

"모르지! 당연히!"

"승. 무. 원! 이제 알았어요? 진짜 예뻐해 주려고 해도 예뻐해 줄 수가 없어."

"날 예뻐해 준다고? 난 남잔데?"

현우가 머리를 긁적였다.

"김태식이 아니고 그냥 똥 멍청이."

"김태식이 여기서 왜 나와? 캔 커피 광고 때문에 트라우마 생긴 거 몰라?"

"몰라요, 김태식 씨."

송지유가 홱 몸을 돌렸다. 그리고 엘리스의 집 쪽으로 성큼성큼 걸어가기 시작했다.

"비 맞으면 감기 걸린다니까! 지유야, 같이 가!"

현우는 황급히 송지유를 따라갔다.

*　　　*　　　*

　따듯한 커피 한 잔씩을 들고 현우와 송지유는 늦가을의 공원을 산책하고 있었다. '뉴 소울'이 새롭게 오픈한 이틀 전 밤부터 비가 내리더니 뉴욕은 기온이 뚝 떨어졌다.

　현우는 두툼한 스웨터에 갈색 코트를 걸치고 있었다. 송지유는 하얀색 폴라 스웨터에 품이 넉넉한 회색 코트, 그리고 남색 목도리까지 두르고 있었다.

　이곳은 센트럴파크였다.

　센트럴파크. 뉴욕 맨해튼의 심장부에 위치한 미국 최초의 인공 공원이자 도시 속에 만들어진 거대한 숲이었다. 차가운 도시 속에서 살아가는 뉴요커들에게 센트럴파크는 자연의 여유를 즐길 수 있는 유일한 장소였다. 그래서 그런지 아침부터 조깅을 하거나 여유롭게 산책을 나온 시민들이 현우와 송지유를 스쳐 지나가고 있었다.

　호텔 근처 카페에서 테이크아웃 해온 커피가 진한 향기를 뿌렸다. 커피 향을 음미하며 현우와 송지유는 센트럴파크를 걸었다.

　"잠깐 앉았다 가자."

　"네."

현우와 송지유는 나란히 벤치에 앉았다. 현우가 먼저 말을 꺼냈다.

"어떻게 오늘은 일찍 깼네? 그냥 혼자 산책하기 심심해서 전화해 본 거였는데."

"마음만 먹으면 일찍 일어나거든요?"

"아, 그러셨습니까?"

"진짠데."

"그래, 그렇다고 치자."

현우가 피식 웃어버렸다.

"목 상태는?"

"멀쩡해요. 알잖아요. 나 강철 성대인 거."

이틀 동안이나 뉴 소울에서 노래를 부르고 있었다. 소속사 대표로서 목 상태를 걱정하는 건 당연한 일이었다.

"아무래도 뉴욕 촬영 기간을 조금 줄여야 할 것 같아."

"영화 때문에요?"

"응. 조만간 천만을 넘을 거야. CV E&M에서는 네가 직접 행사에 참여해 줬으면 해. 나도 그게 맞다고 생각하고. 천만 영화 주연배우가 빠질 수는 없잖아?"

"그렇긴 하네요."

"아쉬워?"

"아쉬울 게 뭐 있어요. 근데 걱정이에요. 손님도 늘지 않고.

스코필드 할아버지랑 다른 할아버지들이 너무 좋기는 하지만, 시청자들은 그렇게 생각 안 할 거잖아요."

"그렇지. 지유 네가 단독 메인이 되는 프로야. 시청자들의 눈높이도 높을 게 분명해. 마냥 손님이 늘어나기를 기다리다 간 영화 행사 스케줄 참석하러 한국 갔다가 다시 뉴욕으로 와야 할 수도 있어."

SBC 제작진의 처음 계획과 달리 촬영은 더디게 진행되고 있었다. 영화 행사도 문제였지만 이제 곧 편성을 앞두고 있었다. 시간이 그리 많지 않았다.

현우는 커피를 한 모금 마시고 다시 입을 열었다.

"지유야, 그런 의미에서 말하는 건데, 버스킹 한번 해볼래?"

"센트럴파크에서요?"

송지유가 눈을 동그랗게 떴다.

"내가 어젯밤에 곰곰이 생각해 봤는데 우리 처음에 일본 갔을 때가 생각나더라. 공사장에서 공연했을 때 말이야. 그때 처럼 버스킹을 해서 뉴 소울을 홍보해 보자. 어때?"

현우의 제안에 송지유의 얼굴이 밝아졌다.

"피디 오빠랑 작가 언니들한테도 이야기했어요?"

"어젯밤에 피디님이랑 통화했지. 제작진도 오케이 하더라. 최 지영 작가님도 마침 나랑 비슷한 생각을 하고 있었더라고. 뭐 겸사겸사 잘된 거 아니겠어? 버스킹해 볼래? 결정은 네가 해."

"네, 버스킹할래요."

1초의 망설임도 없이 송지유는 승낙했다. 현우는 씩 웃었다.

"고맙다, 송지유. 늘 내가 하자는 대로 해줘서."

"오빠가 다른 건 바보 같아도 일은 잘하잖아요."

"다른 거?"

"있어요, 그런 거."

알쏭달쏭한 대답에 현우는 미간을 긁적였다. 송지유가 코트 주머니로 양손을 넣고 벤치 뒤로 몸을 묻었다.

"센트럴파크 좋다~ 아직 시간 있죠?"

"응. 한 시간 정도?"

"그럼 여기서 조금만 있다가 가요."

"오케이."

송지유가 두 눈을 감았다. 그리고 얼마 안 있어 잠이 들어버렸다. 현우도 커피를 홀짝이다가 송지유처럼 벤치로 몸을 묻었다.

서늘한 숲 공기가 노곤한 심신을 상쾌하게 해주었다.

*   *   *

센트럴파크에서 그리 멀지 않은 곳에 현우 일행이 묵고 있는 호텔이 있었다. 호텔 허드슨. 1928년에 문을 연 호텔 허드슨은 오래된 역사만큼이나 가성비가 좋은 호텔로 유명했다.

"여기가 숙소였어요?"

송지유가 선글라스를 벗고 호텔 허드슨을 살펴보았다. 뉴요커들의 도시인 뉴욕에 자리 잡고 있는 호텔인 만큼 외관은 심플 그 자체였다.

"선미 씨가 안목이 좋아. 겉은 이래도 들어가 보면 놀랄걸?"

"그럼 들어가 봐요. 궁금해."

현우와 송지유가 에스컬레이터를 타고 호텔 로비로 들어섰다. 짙은 브라운 계열의 우드와 벽돌로 꾸며진 로비의 천장으로 화려한 샹들리에가 빛을 발하고 있었다. 유리 천장엔 덩굴이 우거져 있었다.

"와아, 분위기 좋아요."

송지유가 감탄했다.

"나중에 뉴욕 또 오게 되면 꼭 여기 올래요. 오빠, 우리 회사도 이런 스타일로 꾸미면 어떨까요?"

"선미 씨가 그러는데 세계 3 대 디자이너 필립 스탁이라는 사람이 디자인했다던데? 돈 엄청나게 들걸?"

"일본 기획사랑 계약도 했다면서요? 돈 부족하면 나도 도울게요."

"뭐, 일단은 고려해 볼게."

잡담을 나누는 사이 복도를 지나 현우가 머물고 있는 디럭스 룸에 다다랐다. 문을 열고 들어가자 고석훈과 유선미가 이미 현우와 송지유를 기다리고 있었다.

"오다가 한국 관광객들을 만나는 바람에 조금 늦었습니다."

현우는 판다가 그려진 종이봉투를 테이블에 내려놓았다. 근처 미국식 중국 레스토랑에서 포장해 온 음식이었다.

"제가 하겠습니다."

고석훈이 빠르게 아침 식사를 세팅해 나갔다. 때마침 박석준 피디와 최지영 작가, 그리고 몇몇 작가들이 현우의 숙소를 찾았다.

"아침 먹으면서 이야기하죠."

"네, 그렇게 해요. 대표님 센스 최고시네요. 오늘 아침에도 토스트랑 베이컨 먹을까 봐 걱정하고 있었거든요."

최지영 작가를 비롯한 다른 작가들이 중국 음식을 반겼다. 식사를 하며 현우와 제작진은 본격적으로 버스킹 관련 이야기를 주고받았다.

"선미 씨, 장소는 어디가 좋겠습니까?"

뉴욕 브로드웨이 극단에서 경영 관련 업무를 본 유선미였다. 제작진보다 유선미가 뉴욕에 관해서는 아는 것이 더 많았다.

"베데스다 분수 앞이 좋을 것 같습니다, 대표님."

"베데스다 분수요?"

현우도 어디서 들어본 적이 있는 것 같았다. 유선미가 노트북 화면을 현우와 제작진 쪽으로 돌렸다.

고풍스러운 계단과 광장을 둘러싸고 있는 테라스가 보였고, 그 아래로 붉은색 바닥이 인상적인 베데스다 광장이 나타났다. 그리고 중앙으로 천사 조각상이 우뚝 솟아 있는 분수가 보였다.

유선미가 검은색 뿔테 안경을 고쳐 쓰며 설명을 시작했다.

"이곳이 베데스다 광장입니다 이건 베데스다 분수고, 분수의 천사 조각상은 에마 스테븐스라는 미국 여성이 1868년에 디자인을 했습니다. 뉴욕 시티 도시 건설 분야에서는 처음으로 여성이 참여한 장소라고 합니다. 역사적으로 의의도 있고 또 영화나 패션 화보 촬영지로 유명한 곳이기도 합니다."

"그렇구나. 선미 씨가 아는 게 많으시네요."

최지영 작가가 유선미를 대단하다는 듯 쳐다봤다. 유선미에 이어 고석훈도 입을 열었다.

"며칠 동안 선미 씨랑 답사도 다녀왔는데 버스킹 장소로는 최적인 것 같습니다. 공간도 넓고 유동 인구도 많았습니다."

박석준 피디가 쩍 입을 벌렸다. 벌써 직접 가서 사전 조사까지 해놓은 상태였다.

"이거 괜히 죄송하네요. 원래 저희 제작진이 해야 하는 일인데 죄송합니다."

현우가 고개를 저었다.

"아뇨. 제작진 여러분이 제일 고생하고 계시지 않습니까?"

"하아, 대표님께서 알아주시니 답답하던 마음이 좀 풀리네요."

정말이었다. 낯선 뉴욕에서 정해진 대본이나 형식도 없이 모든 것을 상황에 맞춰가며 찍고 있었다. 그리고 뉴 소울을 관찰자 시점에서 찍고 있는지라 제작진은 엄청난 스트레스를 받고 있었다.

편집 과정을 거치면 그럴듯한 스토리텔링이 완성되겠지만 지금까지는 마치 다큐멘터리를 찍고 있는 것 같았다.

단골손님을 제외하곤 손님도 별로 없어 카메라를 놓고 제작진끼리 잡담을 주고받을 때가 더 많았다.

"제작진 입장에서 이런 말 하면 안 되는데 지금까지 지유를 데리고 다큐멘터리를 찍는 것 같아 불안했거든요. 오늘은 제대로 된 그림이 나오겠네요. 후우. 이제 살겠습니다."

박석준 피디와 작가진은 들떠 있었다.

"대표님, 오늘 바로 버스킹 장면을 찍어야 할 것 같습니다. 마침 날씨도 화창하고 토요일이기도 해서 센트럴파크를 찾는 사람도 많을 겁니다."

"그렇게 하시죠. 지유도 오케이 했습니다."

"정말이야, 지유야?"

"네, 석준 오빠."

"지유야, 너는 천사야. 이런 너를 보고 누가 얼음 여왕이라고 하겠어."

박석준 피디가 함박웃음을 머금었다.

예정에 없는 촬영이다.

보통 송지유 정도의 S급 스타라면 예정에 없는 스케줄을 권유하기가 상당히 어렵다. 작가들은 비위도 맞춰야 했다. 하지만 송지유는 제작진에게 격의가 없었다. 무엇보다 본인이 더 열심히 나서서 촬영에 임했다.

정말이지 다시 또 같이 일을 하고 싶은 몇 안 되는 연예인이었다.

"의상이랑 메이크업 준비 바로 할까요, 피디님?"

현우가 물었다.

"네. 그래주시면 정말 감사하죠. 일단 저희는 숙소로 돌아가서 준비하고 오겠습니다. 두 시간 후에 호텔 앞에서 뵙겠습니다. 시간 충분하십니까?"

"그럼요. 충분합니다."

박석준 피디가 작가들을 이끌고 서둘러 숙소를 나갔다.

"휴우, 대표님이 오시니까 일이 풀리는 것 같습니다."

고석훈이 안도했다. 사실 현우가 오기 전까지 불안해한 것이 사실이다. 현우가 피식 웃으며 고석훈에게 콜라 캔을 건넸다.

유선미는 벌써 가지고 온 의상을 침대 위로 펼쳐놓기 시작했다.

뉴욕으로 오기 전 김은정이 엄선해 준 옷들이다.

"대표님, 어떤 콘셉트가 지유 씨한테 어울릴까요?"

"음, 직접 물어보죠. 패션디자인과 출신이잖아요. 지유야, 골라볼래?"

"알았어요."

송지유가 잠시 생각에 잠기더니 옷을 골라 침대에 펼쳐놓았다.

데님 셔츠에 데님 미니스커트. 청청으로 색깔 맞춤을 했다. 그리고 그 옆으로 분홍색 코트가 놓여 있다. 그리고 발목까지 오는 검은색 부츠까지. 포인트로는 목덜미에 두르는 검은색 초커를 선택했다.

"입고 나와, 지유야."

"알았어요."

송지유가 유선미와 함께 화장실로 들어갔다.

드르륵.

타이밍 좋게 국제전화가 왔다. 손태명이었다.

"응, 오늘도 고생 많았다. 퇴근했어?"

—퇴근은, 야근 중이지. 촬영은 잘되고 있지?

"뭐 오늘부터 잘될 것 같은 느낌이긴 해."

—그게 무슨 말이야? 뉴욕까지 보내줬으면 일 똑바로 해야지.

"고생하고 있을 친구 생각하면서 죽도록 일하고 있다. 근데 무슨 일이야?"

—대표한테 무슨 일로 전화하겠어? 상황 보고 하려고 했지. i2i 멤버들 휴가 끝나고 복귀하면 일본어 레슨 바로 들어갈게. 괜찮지?

"응, 그렇게 해. 유희는? 드라마 잘 찍고 있지?"

—MBS 쪽 칭찬이 자자해. 연기도 잘하고 분위기 메이커라고. 근데 말이야, 김세희랑 트러블이 있는 것 같아.

"김세희?"

현우가 얼굴을 찌푸렸다. 일산 드림센터에서 봤을 때 첫인상이 그리 나쁘지 않은 걸로 기억이 났다.

"유희랑 트러블 날 게 뭐가 있어?"

—그러니까. 철용이가 그러는데 김세희가 은근히 유희를 태우는 것 같다고 하더라고. 아, 너한테는 일부러 이야기 안 한 거래. 너 미국에서 고생한다고 말이야.

"후우, 돌겠네. 어떤 식으로 괴롭히는데?"

—저번 촬영에서 유희가 김세희한테 따귀를 열 대나 맞았

다나 봐.

순간 어이가 없어 헛웃음이 나왔다. 그리고 화가 났다.

현우가 어울림 소속 식구 중에서 가장 걱정하는 인물이 바로 서유희였다.

송지유야 알아서도 척척 해내는 스타일이고 i2i는 멤버가 열세 명이나 있었다.

그리고 리더인 김수정이 유지연과 함께 팀을 잘 이끌고 있었다.

"후우, 내가 촬영장에 가볼 수도 없는 일이고, 가봤자 뭐 어떻게 할 수 있는 일도 아니잖아?"

—철용이 말로는 마이더스 측에서도 골머리래. 김세희 그거 생긴 거랑 다르게 막 나가는 스타일이라는데? 계약 기간도 얼마 안 남아서 일부러 그러는 것 같다고 마이더스 정 팀장이 말하더란다.

유명 여배우가 이런 식으로 작정하고 괴롭히기 시작하면 상황이 상당히 복잡해진다.

어울림 소속 연예인들이 비정상적으로 착한 것이지, 유명 연예인들의 갑질은 곳곳에서 쉽게 볼 수 있었다.

촬영장에 몇 시간씩 지각하거나 대본이 마음에 안 든다고 버티면 예능 프로그램 같은 경우 현장에서의 대본 수정도 잦았다.

매니저나 코디들을 수없이 바꾸는 일도 다반사였다.

특히 별다른 고생 없이 어린 나이에 성공한 배우들은 더 안하무인인 경우가 많았다.

김세희가 딱 그 꼴이었다.

―유희가 속으로 앓고 있는 모양이야. 어제는 촬영하다 체해서 하루 종일 아무것도 못 먹었다고 하더라.

"알았어. 내가 해결해 볼게."

―어떻게 하려고?

"김세희를 한번 만나봐야지, 뭐."

―한국에 오겠다고? 그리고 또 뉴욕으로 간다고?

"응. 비행기 마일리지 쌓고 좋지, 뭐. 여권에 도장도 좀 늘리고."

―하여간 넌 못 말리겠다.

철컥.

그때 화장실 문이 열리고 송지유가 나타났다. 현우가 힐끔 송지유를 살폈다.

"일단 조금 이따 통화하자."

―알았다.

전화를 끊고 현우는 송지유를 제대로 살펴보았다.

"완벽하다, 갓 지유!"

현우가 고개를 끄덕끄덕했다. 패션의 완성은 얼굴이라 했던가.

미국 영화에 나오는 길거리의 뮤지션 같은 느낌이 물씬 풍겼다.

헤어스타일도 변화를 주었는지 풍성한 웨이브가 살아 있었다.

"그럼 슬슬 가볼까? 석훈아, 지유 기타랑 장비들 챙겨라."

"네, 대표님."

*   *   *

제작진 차량이 센트럴파크 공원 입구로 들어섰다.

주말에는 차량이 들어올 수 없어 베데스다 광장까지 직접 걸어가야 했다.

제작진 차량에서 풀 세팅을 한 송지유가 내렸다. 송지유가 등장하자마자 뉴욕 시민들의 눈길이 쏠렸다.

뒤이어 현우 일행과 제작진도 차량에서 내렸다. 송지유는 최대한 자연스럽게 베데스다 광장을 향해 걷기 시작했다.

"송지유 아니야?"

"어? 송지유다!"

센트럴파크를 찾은 한국 관광객들이 송지유를 단번에 알아보았다.

그러다 제작진을 발견했는지 고개를 갸웃했다.

"지유 씨? 촬영 중이에요?"

"네. 여행 오신 거예요?"

송지유가 생긋 웃었다. 송지유의 실물을 보고 한국 관광객들이 입을 크게 벌렸다.

"그런데 뭐 찍으세요? 화보인가요?"

여자 여행객이 물어왔다.

"화보는 아니에요. 베데스다 분수 앞에서 버스킹할 건데 같이 가실래요?"

"정말요?!"

뉴욕에서 마주쳤기 때문인지 한국 관광객들이 사명감 어린 표정으로 좌우에서 송지유를 따라가기 시작했다.

"시작이 좋네요."

박석준 피디가 말했다. 현우도 고개를 끄덕였다.

마침내 베데스다 광장이 시야에 들어왔다.

계단 아래 고풍스러운 느낌의 광장이 펼쳐져 있고 베데스다 분수가 보였다.

그 뒤로는 수풀이 우거진 작은 호수가 햇빛을 받아 반짝이고 있었다.

송지유가 베데스다 분수 앞에 자리를 잡았다.

근처에서 휴식을 취하고 있던 뉴욕 시민들이 어리둥절한

표정을 짓거나 호기심 어린 시선을 보내오고 있었다.

제작진은 작은 의자를 세팅하고 앰프를 비롯해 스탠딩 마이크까지 설치했다. 또한 뉴 소울을 홍보하는 커다란 피켓을 세웠다.

"언니, 코트 챙겨주세요."

송지유가 코트를 벗어 작가에게 건넸다. 그리고 의자에 앉아 클래식 기타 줄을 조율하기 시작했다.

"이거 영 반응이 썰렁한데요?"

뉴요커들다웠다. 몇 번 송지유 쪽을 보더니 이제는 아예 관심도 없었다. 박석준 피디가 근심 어린 얼굴을 했다.

고마운 한국 관광객들이 있기는 하지만 시청자들이 원하는 그림은 뉴욕 시민들이 송지유의 노래에 귀를 기울이는 것이다.

"어릴 때부터 영화 촬영이나 화보 촬영 같은 걸 숱하게 봐 왔을 겁니다. 뉴욕이니까요."

현우가 말했다.

국제적인 도시인만큼 미국뿐만 아니라 세계 각지에서 뉴욕으로 촬영을 오곤 했다.

마음먹고 하루 종일 뉴욕 시내를 돌아다니면 할리우드 스타 한 명 정도는 볼 수 있는 곳이 뉴욕이었다.

"걱정하지 마세요, 피디님. 올드 뉴요커 스코필드 영감님한테도 인정받은 지유입니다. 갓 지유를 믿으세요."

"네, 대표님. 갓 지유! 믿습니다!"

박석준 피디와 대화를 나누는 사이 송지유가 기타 세팅을 마쳤다.

다리를 한쪽으로 꼬고 기타를 무릎 위에 올려놓았다. 그림 같은 모습에 한국 관광객들이 탄성을 질렀다.

"여기까지 같이 와주셨으니까 신청곡 받을게요!"

"낙엽편지요!"

한국 관광객들이 입을 모아 낙엽편지를 외쳤다.

"낙엽편지 신청하실 줄 알았어요."

송지유가 생긋 웃더니 차츰 감정을 잡았다.

잔잔한 기타 선율이 베데스다 광장으로 스며들기 시작했다. 송지유는 두 눈을 감고 낙엽편지를 불렀다.

그리고 노래가 2절에 이르렀을 때는 수십 명이나 되는 뉴욕 시민들이 물려들어 있었다.

한국 관광객들이 핸드폰으로 가사까지 번역해서 보여주는 진풍경이 벌어졌다.

기타 줄을 튕기며 송지유가 노래를 마쳤다. 박수가 쏟아졌다.

"와아, 뉴요커 여러분도 많이 오셨네요? 얼른 노래 불러 드려야겠다."

송지유가 잠시 말을 끊었다. 그리고 영어로 말을 이어가기 시작했다.

"여러분, 혹시 카펜터스 아세요?"

The Carpenters. 1970년대 미국에서 활동한 팝 듀오이다. 카렌 카펜터와 리처드 카펜터 두 남매가 멤버를 이루었고, 수많은 히트곡을 남겼다.

1970년 두 번째 앨범에 실린 'Close To You'란 곡은 1970년에 그래미상을 휩쓸었고 밀리언셀러를 기록하기도 했다.

저항 정신이 담긴 록 음악이 전성기를 맞고 있던 시절, 깨끗하고 순수한 음악을 들고 나온 카펜터스는 음악 평론가들로부터 수많은 비난을 받아야 했다.

오죽하면 소속사 A&M 레코드에서는 두 남매의 포스터를 걸어두는 것도 꺼렸다고 한다.

하지만 곡이 발표되며 대중들로부터 엄청난 사랑을 받게 되었고, 음악 평론가들은 결국 그들의 음악성을 인정해야만 했다.

국적도 다르고 시대도 달랐지만 카펜터스는 송지유와 비슷한 스토리를 가지고 있었다.

송지유도 음악 평론가들에게 음악성을 무시당한 적이 있었다.

음악 평론가들은 송지유를 그저 무모한 형제들을 발판 삼아 인기를 얻은 아이돌 취급을 했다.

하지만 음악 평론가들의 예상을 깨고 정규 1집 '가을'은 상업적으로도 대박을 쳤고 음악성까지 인정받았다.

결국 음악 평론가들은 송지유를 인정해야만 했다.

'지유가 선곡을 잘했네.'

현우가 흐뭇한 미소를 지었다. 보컬이던 카렌 카펜터도 송지유처럼 맑고 청아한 음색을 가지고 있었다.

"내가 어릴 적에 자주 듣던 노래지. 그런데 학생이 카펜터스를 알아?"

60대로 보이는 중년의 백인 사내가 송지유에게 물었다.

"저 스무 살이거든요. 어린아이 아니에요."

"실례했군. 동양인은 너무 어려 보여서 탈이야. 하하!"

몇몇 나이가 지긋한 다른 뉴욕 시민들도 카펜터스를 안다며 말을 건넸다. 송지유는 안도의 한숨을 내쉬었다.

"다행이다. 카펜터스를 많이들 알고 계시네요? 그러면 제가 'Yesterday Once More'를 불러 드리겠습니다."

뉴욕 시민들의 박수 속에서 송지유는 감정을 잡았다.

원곡은 피아노 연주와 함께 시작되었지만 송지유는 직접 편곡까지 해서 기타를 연주하며 서서히 입술을 떼었다.

그리고 곡의 하이라이트 부분이 다가왔다. 송지유가 싱얼링 부분에 감정을 싣기 시작했다.

송지유가 기타 연주로 곡을 마무리하며 조용히 두 눈을 떴다.

"……."

"……."

어느새 더 많은 뉴욕 시민이 송지유를 둘러싸고 있었다. 감동에 젖은 뉴욕 시민들이 좀처럼 박수를 멈추지 않았다.

노래는 만국 공용어라는 말이 틀리지 않았음을 송지유가 증명해 내고 있었다.

『내 손끝의 탑스타』 8권에 계속…

초대형 24시 만화방

신간 100%, 샤워실, 흡연실, 수면실(침대석), 커플석, 세탁기 완비

■ 광명 광명사거리역점 ■

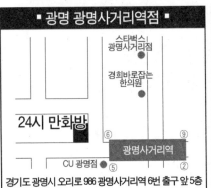

경기도 광명시 오리로 986 광명사거리역 6번 출구 앞 5층
02) 2625-9940 (솔목타워 5층)

■ 강북 노원역점 ■

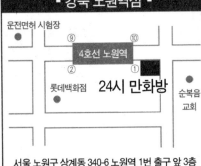

서울 노원구 상계동 340-6 노원역 1번 출구 앞 3층
02) 951-8324 (화용빌딩 3층)

■ 일산 정발산역점 ■

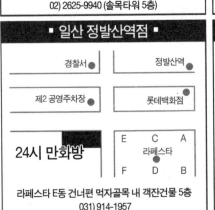

라페스타 E동 건너편 먹자골목 내 객잔건물 5층
031) 914-1957

■ 일산 화정역점 ■

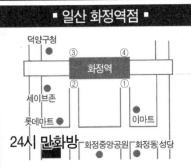

경기도 고양시 덕양구 화정동 984번지 서일빌딩 7층
031) 979-4874 (서일사우나 건물 7층)

■ 부천 역곡역점 ■

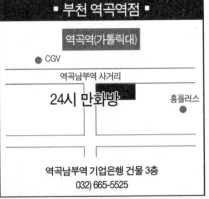

역곡남부역 기업은행 건물 3층
032) 665-5525

■ 부평역점 ■

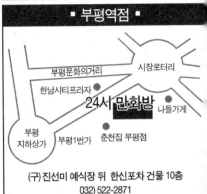

(구) 진선미 예식장 뒤 한신포차 건물 10층
032) 522-2871